D0614107

Laurence Cossé

La femme
du premier ministre

Gallimard

[...] Éditions Gallimard [...] Folio [...]

I
Pur-sang

I

An II. Prison du couvent des Oiseaux,
rue de Sèvres.

*Bon ? Grands dieux, non, il ne l'était pas. Il faut
être un peu lent pour être bon, il me semble. Lui ne
faisait rien lentement. Il avait toujours dix fers au
feu. Mais il était prodigue, fastueux ; magnifique à
sa façon d'esthète et non de moraliste : tous traits de
caractère qui incluent une forme de générosité.
Tendre ? Parfois. D'une manière, comment dire, où
entrait de la cruauté. Cruel ? On ne le savait
qu'après coup : sur le moment on n'avait vu que la
tendresse. Amical ? Pas plus avec moi qu'avec
aucune autre femme, je pense. L'amitié ne survient
qu'après qu'on a posé les armes ; et si, pour moi,
jamais je n'ai songé à l'affronter, lui de sa vie n'a
baissé la garde devant une femme, j'en mettrais ma
main au feu. Avec les hommes, c'était autre chose.
Sans doute il ne les craignait pas. Il avait des amis*

en nombre. *Il en était aimé, il devait bien avoir pour eux quelque chose de l'ordre de l'amitié. Je dis* chose *et non* sentiment : *c'était quelqu'un qui se gardait des sentiments. Il avait des passions et des convictions. Des intérêts aussi, mais pas tant qu'on a dit.*

Fidèle ? Je crois que l'idée de l'être ne l'effleurait pas, et qu'il y eût vu, même, une forme d'hypocrisie. Il détestait l'effort, et aller contre son plaisir. Personne, au demeurant, ne travaillait avec une énergie comparable à la sienne. Attendez, ce n'est pas contradictoire. Il ne travaillait jamais la journée entière, pas davantage à heures régulières. Il s'y mettait quand et parce que — oui, cela l'amusait.

Intelligent ? Autant qu'il est possible. Rapide. Pénétrant. D'aucuns ont dit : génial. Inspiré. Tombant juste. Avec un grand amour de la réalité que l'on risque de perdre à fréquenter les princes et qu'il garda toujours.

Mais tout ceci m'était égal. Je n'ai jamais eu d'admiration pour cet homme. Au fond, je n'ai d'admiration que pour l'attention aux autres et le souci de ne blesser personne, pour la rigueur dès lors qu'elle est gracieuse, et pour la pureté quand celui qui l'incarne n'en sait rien, mais qu'on la voit à son sourire, dans ses yeux — toutes grâces qui se conquièrent ; je n'ai pas d'admiration pour ce que la nature vous a fait.

S'il était gai ? Dans l'âme. Drôle, ironique. Irrésistible, bien souvent, à table ou certains soirs où l'invention de son esprit semblait capable d'arracher l'assemblée tout entière et chacun en particulier à sa finitude et à sa rancœur.

Beau ? Non, il n'était pas beau, du moins on le disait. Ça non plus ne m'arrêtait pas. (Lui, c'était autre chose : la laideur lui faisait mal. Il aurait voulu l'interdire. L'amour de la beauté fut son unique religion, s'il en eut ; l'élégance et le goût, les seules vertus qu'il connût.) Monsieur de Boufflers dit un jour de lui devant moi sans savoir qui j'étais — je suis coutumière de la chose — que c'était « un rouquin sans beauté ». Il est vrai. Mais a-t-on dit cela, on n'a rien dit de monsieur de Choiseul. C'était la séduction faite homme. Il séduisait en diable, et non à son insu : à plaisir, sans cesse, et tous, quels qu'ils fussent, dames, valets, rois, chevaux, chiens, nourrissons, nourrices, prêtres, régiments…

Je dois être confuse. Il ne l'était aucunement. Il rassemblait en sa personne des traits qui d'ordinaire se trouvent en plusieurs, et ne s'entendent pas. Il avait de la vérité l'idée la plus haute, et jamais il n'y eut si absolu sceptique. Il n'était pas cynique. Mais froid, méprisant. Pas insensible. Dur, oui. Joueur, au dernier degré. Détaché pourtant. Mon Dieu, je pourrais vous parler de lui la nuit entière. Pourquoi pas ? Nous allons mourir.

Je découvre une chose en même temps que je vous parle. On n'aime pas quelqu'un pour ses qualités. Toute ma vie j'ai vénéré ce qui est bien, ce qui est clair, ce qui est noble. J'ai aimé monsieur de Choiseul.

13

Les Mémoires de Choiseul sont écrits à la hâte, pleins de trous, de redites, épatants. À quoi bon être duc si c'est pour se relire ? Parfois ce négligé atteint au sublime — le sublime façon Choiseul, la morgue à son comble de naturel.

Un exemple, le paragraphe où il parle de sa naissance. Dix lignes, au tout début, sur le ton de l'ennui, écrites comme par obligation. Vous voulez que je me présente ? Allons, puisqu'il le faut. Si l'on ne sait pas qui je suis.

« Je ne [...] parlerai pas [...] de ma naissance. L'on m'a toujours dit que j'étais gentilhomme aussi ancien que qui que ce soit [1]. J'ignore absolument ma généalogie qui est, comme celle de tout le monde, dans les livres qui traitent cette matière. Depuis mon enfance, sans être ébloui des titres ni des dignités, j'ai regardé que mon maître et le sang de mon maître étaient au-dessus de moi et que tout le reste était ou mon égal ou mon inférieur. Mon enfance et ma jeunesse se sont passées comme celles de tout le monde. »

1. Étienne-François de Choiseul-Stainville peut aligner soixante-quatre quartiers de noblesse. Sa famille est alliée aux Capétiens (une petite-fille de Louis-le-Gros a épousé Rainard III de Choiseul). Il est français par son père, lorrain par sa mère. Son père a choisi de servir la Lorraine. Et la Lorraine, bien que de culture française, fait encore partie de l'Empire.

On a dit que monsieur de Choiseul a servi de modèle à tous les méchants du théâtre depuis trente ans, du Méchant *de Gresset jusqu'au terrible comte du* Mariage de Figaro.

On a tôt fait de traiter de méchant l'esprit supérieur et le caractère d'exception auquel on ne sait trop quoi reprocher — à l'inverse, on dira d'un paresseux ou d'un bêta : oui, mais il est gentil.

Je sais assez à quel point monsieur de Choiseul pouvait être dur pour assurer qu'il n'était pas méchant. Il était mordant. Il méprisait le médiocre et ne supportait pas l'ennui. Il ne pouvait pas résister à un bon mot. Il mettait son plaisir au-dessus de tout. Vous voyez : rien de tout cela n'est méchant.

Choiseul a vingt ans. C'est la guerre. Il est lieutenant en second au régiment Roi-Infanterie [1].

La succession d'Autriche est l'occasion d'une conflagration de plus en Europe. Charles VI, l'Empereur, n'a eu qu'un fils, outre deux filles.

1. Il a choisi le service de la France, son frère Jacques-Philippe celui de l'Autriche. Aucune importance, à l'époque : parmi les grands soldats français, le duc de Lowendal est danois, le maréchal de Saxe saxon, par définition, et ainsi de suite.

Le fils est mort petit. Le père a travaillé vingt ans à assurer le trône, à sa mort, à l'aînée de ses filles, ou à défaut à la cadette. L'idée ne lui a pris que le temps de mettre en forme une Pragmatique Sanction. Ce qui a demandé vingt ans, ç'a été de faire garantir cette Pragmatique par les cours européennes. Bon an mal an, on se rallie. Consentent l'électeur de Hanovre, ceux de Brandebourg, de Mayence, de Trèves, l'électeur palatin. Puis celui de Saxe. Puis les voisins, l'impératrice de Russie, le pape. Et les autres : l'Angleterre, la Sardaigne, la république de Hollande, le Danemark, l'Espagne. Enfin la France. En 1738, à Vienne, la France garantit solennellement la Pragmatique Sanction.

Elle n'a pas signé pour rien. Elle garantit bien à Marie-Thérèse et à son époux, François, duc de Lorraine, que la petite aura son trône, mais c'est en échange de la Lorraine. Eh oui, des possessions héréditaires de François [1].

S'il fallait ça. L'Empereur père peut mourir tranquille. On est en octobre 40. Marie-Thérèse succède à son père.

Et le rideau s'écarte, les masques tombent. Tous les rois sont là, autour d'elle, leur grand couteau dans la main droite et, dans la gauche, leur fourchette. L'électeur de Bavière veut la

1. Lorraine qui va faire, un temps, un parfait perchoir pour Stanislas Leszczynski, roi sans royaume et beau-père de Louis XV.

couronne, les deux Autriches et un bout de Bohême. L'électeur de Saxe prendra l'autre morceau de la Bohême. Le roi de Prusse aura la Silésie, l'Espagne l'Italie.

La France ne sait pas ce qu'elle veut, mais elle est de la fête. L'armée de Belleisle, où sert Choiseul, occupe Linz, entre en Bohême, prend Prague.

C'est alors que l'Anglais s'en mêle. Non qu'il se sente le devoir d'être fidèle à sa garantie ou de venir en aide à l'Autriche, mais pour contrer la France, comme d'habitude. Entre-temps, Frédéric de Prusse, qui a mis la Silésie dans sa poche, signe la paix avec l'Autriche et s'allie aux Anglais.

Belleisle fait retraite dans l'hiver 42. Choiseul est furieux. Ce qui le rend fou n'est pas l'avantage de l'ennemi, il aime la guerre ; encore moins les renversements d'alliance, ou les reniements — rien de plus normal. C'est d'être commandé par des incapables. Les grands seigneurs qui dirigent le militaire sont des bêtes.

Il y a deux exceptions, tout le monde sait ça, le maréchal de Saxe et le maréchal de Lowendal. Deux vrais soldats, ceux-là. Du premier, Choiseul dit : « L'on a beaucoup loué le maréchal de Saxe parce qu'il a été heureux et que le bonheur a toujours l'avantage d'être exalté. Cependant il faut convenir que le bonheur de monsieur de Saxe était soutenu par une armée du double au

17

moins plus forte que celle des ennemis, et que cette armée agissait en Flandre où il avait tous les moyens de subsistances et de commodités avec profusion. D'ailleurs j'ai remarqué que le maréchal de Saxe n'avait nullement à cœur ni l'intérêt, ni la gloire des armes du Roi ; il ne songeait qu'à perpétuer son commandement à la tête de l'armée et dans la Flandre pour tirer à son profit le plus d'argent qu'il était possible de ses conquêtes. »

Du second, chez qui Voltaire n'arrive pas à trouver un défaut — Dieu sait pourtant s'il s'y entend — Choiseul écrit : « Ce monsieur de Lowendal avait à peu près tous les vices que l'on peut avoir ; mais il était distingué à cause de sa bassesse envers tout le monde en général, mais surtout vis-à-vis de monsieur le maréchal de Saxe dont il était le courtisan, même l'esclave le plus humble. »

Rage Choiseul. Son corps d'armée recule, il a horreur de ça. Si un jour il a du pouvoir, c'est par là qu'il commencera : par organiser et former un peu les armées françaises. Il a vu la pagaille, « l'ignorance, l'effroi, le bruit ». Or « avec une armée disciplinée, et qui eût connu l'ordre », il en est sûr, « les fautes de tactique des généraux auraient été réparées ».

Cet homme de pouvoir et d'efficacité avait une qualité peu commune. Il pouvait mettre son génie et sa vitalité au service de ce qu'il y a de moins utile et de plus fugace. Travailler toutes affaires cessantes à la perfection d'une aria de Rameau, dépenser des fortunes à installer des jeux d'odeurs et d'eaux dans un parc, donner le bal aux domestiques de ses amis : je crois qu'il mettait la grâce au-dessus du bien, de la gloire, de la richesse. Évidemment, il ne choisissait pas. L'idée de se priver d'un de ses possibles lui faisait horreur. Il voulait tout.

Notons-le une fois pour toutes, Choiseul s'appelle encore Stainville. Étienne-François de Choiseul, comte de Stainville. On dit monsieur de Stainville. Il sera créé duc de Choiseul en 1758 pour son efficace ambassade à Vienne. Alors on dira monsieur de Choiseul.

Disons-le tout de suite. Ne compliquons pas.

Il aimait ce qu'il dédaignait — je pense à l'argent. Il dédaignait ce qu'il aimait. Je pense... Eh bien, oui, je pense à moi.

Ah, non, ce n'était pas un caractère uni.

Son père, en voilà un qui ne sera jamais duc. Enfant, il fait un héritage qui l'attache à la maison de Lorraine. Les hasards, les alliances des princes et les trocs de principautés, sans compter un laisser-aller au destin qui chez lui confine au talent, le mènent à Vienne, auprès de l'Empereur, et le ramènent à Versailles, en qualité de ministre de Toscane à la cour de France [1]. Un emploi qui le comble, dit le chroniqueur, car il lui vaut trois mille livres de rente, lui permet de « faire porter derrière lui sa canne par un laquais », et lui laisse tout le loisir de se livrer à sa passion, la ripaille.

Comme dit Choiseul, « une manière particulière de voir et de vivre ». « Je me trouvai n'avoir pour état en France qu'une sous-lieutenance au Régiment du Roi, et pour appui un père qui, par sa manière toute particulière de voir et de vivre, ne pouvait m'être d'aucun secours pour obtenir des préférences, d'autant moins qu'outre qu'il

---

1. On se souvient de la valse de Vienne, en 1738. Léopold de Lorraine meurt en 1729. Son fils, François, épouse Marie-Thérèse, archiduchesse grande-duchesse d'Autriche et, si tout va bien, future impératrice. À l'issue de la guerre de Succession de Pologne, Louis XV, n'ayant pu rétablir son beau-père, Stanislas Leszczynski, sur le trône de Pologne, obtient, par le traité de Vienne, que la Lorraine soit donnée à Stanislas jusqu'à sa mort et revienne ensuite à la France. Et François de Lorraine, dans tout ça ? On a défendu les prétentions de sa femme au trône impérial, il sera empereur, on lui donne en attendant, et en compensation, Parme, Plaisance et la Toscane.

ne s'occupait nullement de mon avancement, il ne lui était pas possible, vu son goût pour la table et pour une société très privée, de me faire connaître de la bonne compagnie. »

Ce n'est pas grave, on va se débrouiller tout seul. La guerre continue, on l'enfourche. Colonel à vingt-cinq ans, général à vingt-huit. Il est clair qu'on ne fera pas de vieux os dans le métier des armes. On s'y amuse bien, mais on est loin des cours. À la guerre, on risque sa vie. À la Cour, on joue beaucoup plus.

Il aura eu toute sa vie de la chance. Lui-même le reconnaissait, ajoutant qu'il ne le méritait pas. Je crois pourtant qu'il n'eut pas sans raison tant de chance. Je pense moins ici à ses talents, à son esprit ou son courage, qu'à une forme de gaieté qui, poussée à ce point, fait une vitalité formidable. Je dirais qu'il était beau joueur dans l'âme.

II

Boufflers écrit, exactement : « Un rouquin sans beauté ni fortune, mais fort intelligent. »

Tout est dit. Choiseul n'a pas le sou. Ça l'énerve. Il se sait plus fort, plus rapide, appelé plus loin que beaucoup. Mais sans monture, on peut être appelé, grand cavalier et plein de sang, on reste derrière.

D'autres, qui ont un équipage, vont à grandes rênes. Ils sont balourds et fats, mais devant. Ça l'agace, Choiseul. Il lui faut un équipage, et vite.

Erreur de croire que les aristocrates ne sont pas intéressés par l'argent. Il n'y a pas plus intéressé qu'eux par l'argent, car ils en ont besoin. Ils en ont un très grand besoin, car il leur faut dépenser sans compter. Car on n'est pas un aristocrate si l'on doit compter. Un aristocrate ne compte pas. Il ne compte pas sur ses actes pour exister, il ne compte pas sur ses mérites pour briller, il ne compte pas sur ses vertus pour aller en paradis : Dieu est un cousin ; il ne compte sur personne en particulier, il sait que tous lui sont acquis. Il ne compte pas vivre vieux. Il ne compte pas ses amis. Il ne compte plus ses créanciers.

Les aristocrates épousent des sacs. Ils trouvent très bien, et tout à fait dans l'ordre, qu'il y ait des bourgeois pour faire des fortunes et eux pour les croquer.

L'argent, c'est là que l'aristocrate est vulgaire. Car il y a une vulgarité aristocratique, comme il y a une vulgarité bourgeoise, une vulgarité ouvrière, une vulgarité paysanne (comme il y a une noblesse paysanne, une noblesse ouvrière, une noblesse bourgeoise, et une noblesse aristocratique).

Cette vulgarité aristocratique serait depuis longtemps apparue au grand jour si, depuis des siècles, tous les bourgeois gentilshommes — ou rêvant de l'être — ne l'avaient occultée. Et pour cause. S'ils ne l'avaient pas occultée, si leur idéal aristocratique était apparu vulgaire, ils étaient roulés ; eux qui déjà se laissaient plumer par les aristocrates, par filles interposées.

Malgré tout, la vulgarité aristocratique reste aristocratique. L'aristocrate ne flambe pas sans raison. Il lui *faut* quelque chose. Non pas avoir quoi que ce soit, ni faire ci ou ça, ni acquérir quelque connaissance — il se moque du savoir autant que de l'avoir ou de l'action. Il lui faut *être*, et être absolument. Être aristocrate.

Et cet absolu d'être, il doit bien le manifester. Il peut le manifester dans la mort, le défi à la mort. Il fait ça assez joliment. Ou dans le défi à l'ordre social, la liberté de mœurs, ou de parole, de pensée, parfois même : l'aristocrate aime être original. Dans son milieu, le mot ne veut pas dire toqué. En cela, il a quelque chose à voir avec l'artiste.

Ou bien il peut flamber. Dans « flamber », il y a feu, c'est-à-dire absolu, absolu jeu, tout ou rien. Être, quoi. Et à tout prendre, c'est plus amusant que mourir, ou faire le malin.

Il s'habilla toute sa vie plus fastueusement qu'un roi. J'ai vu le Roi en gris, avec un rabat sans dentelle, et des souliers plats. Même au lever, chez lui, je n'ai jamais vu monsieur de Choiseul autrement que vêtu d'étoffes de grand prix, et de manteaux de lit qui semblaient des manteaux de cour.

La Cour, disions-nous. La Cour où jouer gros. Choiseul y est l'hiver. La guerre s'interrompt, l'hiver. On s'y remet au printemps. Un rythme qui plaît à Choiseul. L'hiver, il s'occupe uniquement à ses plaisirs. Dit-il. Ce n'est pas uniquement faux. Côté plaisirs, il confesse, avec

beaucoup d'amitié pour lui-même, qu'il se livre
« à tout ce que la dissipation et l'inexpérience
occasionnent de désordre dans une jeune tête ».
Il a vingt-quatre, vingt-cinq, vingt-six ans. Il
mourrait plutôt qu'avouer qu'il est à Paris pour
être à Versailles. La Cour ? Il s'y intéresse « on ne
peut moins ». Dit-il. Il appuie un peu. « Je pre-
nais si peu d'intérêt aux intrigues et aux ambitions de Cour que j'ai oublié ce que j'ai pu savoir
de ce temps-là. »

Allons donc. Il observe. Il se place. Il est là,
comme un chat, prêt à bondir sur l'occasion de
s'approcher du soleil.

Plus tard, quand il ira ambassadeur à Rome, et
qu'il s'apercevra qu'il n'a rien à y faire, on le verra
s'occuper ferme. « Le travail de l'ambassadeur
[...] consistait dans des détails d'expédition, des
grâces à demander au ministère romain pour les
ecclésiastiques protégés par la Cour de France et
surtout par la famille royale, la protection à
accorder aux différents établissements religieux
établis à Rome et le maintien de la dignité du Roi
dans cette capitale ecclésiastique. Rien n'était
plus aisé que de remplir ces objets ; mais, comme
ils ne pouvaient pas occuper sérieusement un
homme raisonnable, je me formai des objets
d'occupation plus étendus. J'étudiai avec profon-
deur les principes de la politique, je m'appliquai à
acquérir avec recherche toutes les connaissances
qui devaient me rendre familières les opérations

politiques de l'Europe depuis le commencement du siècle, afin de me former à moi-même un système politique. Cette occupation était fort bonne pour moi, mais très inutile pour l'emploi que j'avais à Rome. Aussi je m'étudiai infiniment, dès les premiers jours et continûment pendant tout le temps que j'y fus, à connaître les personnages intéressants de cette Cour. »

Autrement dit, « un ambassadeur n'a pas toujours des affaires instantes à traiter à la Cour où il est envoyé [...] mais la première affaire partout me semble devoir être de se mettre à portée par sa conduite de mériter la confiance et surtout de plaire aux personnages qui peuvent lui assurer des succès lorsque, dans l'occasion, il aura à traiter des affaires intéressantes ».

On a bien lu : *partout*. À Versailles, un peu plus tôt, même idée. Ambassadeur à son premier poste, ou jeune loup à son premier hiver à la Cour, même programme. Choiseul dit le contraire, bien sûr. « Je n'étais point, dans ce temps, occupé à faire des réflexions sur la situation de la Cour [...]. Mon métier, quelques occupations de littérature et mon plaisir m'absorbaient en entier. »

En entier, non. L'absorbe tout autant le temps qu'il passe à « s'étudier à connaître les personnages intéressants de cette Cour ». Qu'importe que ceux-ci soient vils et qu'on les méprise. Ils comptent, on les approche.

Pour aller au roi, il faut plaire à sa maîtresse du jour. On dit « *la maîtresse* ». Allons-y.

« Le Roi avait débuté dans la galanterie par aimer madame de Mailly, sœur aînée de madame de Châteauroux ; il avait aussi obtenu les faveurs de madame de Vintimille, autre sœur qui était morte en couches à Versailles. » Vient le tour de madame de Châteauroux. Les demoiselles de Nesle sont cinq. L'épigramme qui court, gentil — pour une fois :

L'une est presque en oubli, l'autre presque en poussière ;
La troisième est en pied, la quatrième attend
Pour faire place à la dernière.
Choisir une famille entière,
Est-ce être infidèle ou constant ?

Madame de Châteauroux meurt. Elle a vingt-sept ans. « Le Roi ne se souvint pas longtemps qu'il avait cru l'aimer, car, dans l'hiver même, quatre mois tout au plus après sa mort, il prit madame d'Étioles, femme d'un fermier général, qu'il logea à Versailles, dans l'appartement de feue madame de Châteauroux. Elle coucha dans le même lit que cette précédente maîtresse, et il faut convenir que, s'il y a eu de la force d'esprit au Roi dans cet oubli de toute bienséance, il n'y avait de sa part ni délicatesse, ni force de sentiment. »

Madame de Pompadour il y a, abordons

madame de Pompadour. On est sentimental ou on ne l'est pas.

Choiseul a un cousin lointain, le duc de Gontaut, familier du roi et de ses « *petits soupers* », à présent confident de la Pompadour. Il se rappelle ce cousin. Il en devient inséparable. Il est à Marly, à Fontainebleau.

Plus on s'abaisse, plus on méprise. Madame de Pompadour est présentée à la Cour. Choiseul s'étrangle. « Alors une pareille présentation paraissait monstrueuse, car il semblait que l'on violait toutes les règles de la police, de la justice et de l'étiquette, en enlevant à un fermier général sa femme au milieu de Paris, et, après lui avoir fait changer son nom, en la faisant femme d'une qualité à être présentée. Madame la princesse de Conti s'offrit [1] et eut cet honneur. À cette occasion, je ne puis m'empêcher d'écrire une réflexion que j'ai faite depuis bien souvent : c'est qu'en général tous les princes de maison souveraine sont naturellement plus bas que les autres hommes, et que, dans tous les princes de l'Europe, ce sont les princes de la maison de Bourbon qui ont en partage la bassesse la plus méprisable. »

Par conséquent… Par conséquent Choiseul va à Marly. Il se fait présenter à la favorite.

Plus on méprise, plus on dénigre. « Madame

1. En échange, le roi payait ses énormes dettes de jeu.

de Pompadour croyait qu'elle me haïssait et le disait assez ouvertement. Je m'inquiétais infiniment peu de ce qu'elle pensait et de ce qu'elle disait. » Il s'en inquiète infiniment. « Je suis si persuadé que le succès d'un ambassadeur, pour être certain, dépend du plus ou moins de flexibilité qu'il aura dans son caractère et de son talent de plaire [...] que, si j'étais envoyé à une Cour pour lui déclarer la guerre, non pas précisément comme un héraut, mais que j'y séjournasse quelque temps avant la déclaration, je m'étudierais jusqu'à ce moment à mériter l'amitié et la confiance de ceux à qui j'aurais à dire que mon maître va leur faire la guerre, avec le même soin que j'emploierais si j'avais à les engager à une guerre commune avec ma Cour. »

La durée, tout est là. Savoir attendre. Le bon moment. Son heure. Et plaire. « Le talent de plaire. »

Il ne travaillait pas beaucoup. Il pouvait le faire, rédiger par exemple un mémoire une nuit durant, s'il fallait. Mais c'était l'exception. En règle générale, il travaillait vite. Car il se connaissait, il savait qu'il s'ennuyait non moins vite. Et s'il était rattrapé par l'ennui, il travaillait mal. Il avait un mot pour dire ça. Il craignait de « s'appesantir » s'il travaillait plus de six heures par jour.

Le mot « snob » sera inventé cent ans plus tard, mais pour la chose, elle est à son sommet, en cette époque de crispation nobiliaire. Choiseul n'est pas snob, il est noble. C'est-à-dire qu'il est snob dans le sang et ne connaît, ne voit, ne considère que les grands de ce monde.

Ce n'est pas que les autres n'existent pas, mais ils doivent savoir se tenir *à leur place,* de même que les grands doivent tenir leur rang. Il est bon qu'il y ait des héritières pour redorer les vieux blasons. On peut les tromper tant et plus, mais si c'est avec des chambrières, il faut que ce soit en secret. Avec des femmes de qualité, c'est différent.

Il est bon qu'il existe des filles de rien, si elles désennuient les rois. Mais il n'est pas bon que les rois les fassent comtesses, et imposent que les duchesses leur cèdent le pas. Chacun à sa place.

Le snobisme, du reste, perdra Choiseul. Un 24 décembre, le roi, qui au fond est beaucoup moins snob, et ne connaît que son caprice, Louis XV lui signifiera : vous m'embêtez, à la fin, avec vos leçons de savoir-vivre ; hors de ma vue.

III

La Cour, le roi, il est vrai que Choiseul s'en fiche. C'est le pouvoir qu'il veut.

Il s'ennuyait très vite. Tout le lassait. Et qu'une chose l'ennuyât, a fortiori une personne, il en avait mal, il la voyait avec rancune.

Je l'ai vite ennuyé. L'argent de mon père et de mon grand-père le désennuyait. C'est pour ça qu'il aimait l'argent, rien que pour ça : il le dilapidait pour combattre l'ennui, comme on éclaire une maison de milliers de bougies la nuit pour triompher du noir, comme on change d'habit quatre fois par jour pour se faire accroire à soi-même qu'on est quatre, et non un, toujours lui.

Et voilà l'occasion. Choiseul est pressenti pour une « commission ». Le Conseil du roi — autrement dit, Tencin, le cardinal et tout-puissant ministre d'État — lui confie la mission d'aller dans le plus grand secret porter à Vienne des propositions de paix de la part du roi. On a repéré le garçon.

Mais on ne l'a pas bien jaugé. « Je ne fus pas longtemps à ne point accepter cette commission ; je jugeai dès le premier moment qu'elle était très subalterne, ce qui était suffisant pour me faire sentir qu'elle ne me convenait pas. D'ailleurs, sans avoir beaucoup réfléchi sur la politique, j'aperçus aisément que le but de la commission que l'on voulait me donner n'aurait aucun succès ; que la Cour de Vienne n'était pas la maîtresse de ses déterminations, lesquelles étaient subordonnées à ses alliés, de sorte que l'on communiquerait ce que je proposerais à l'Angleterre […], et qu'après avoir été mal reçu en Autriche je serais renvoyé en France avec un peu de honte. […] Si par impossible mes propositions étaient agréées à Vienne et en Angleterre, je réfléchis que l'on ne me laisserait pas la gloire de faire la paix et que l'on enverrait d'autres personnages que moi pour recueillir les fruits de la première démarche. »

Vingt-quatre ans. C'est non, donc. Attention, pas non tout à trac. « D'après ces réflexions, je me résolus à refuser cette commission ; mais, comme je désirais rester à Paris et ne pas aller joindre mon régiment en garnison en province, je ne m'avisai pas de dire au cardinal de Tencin que je refusais absolument ; je lui présentai simplement quelques objections ; je lui dis que je devais en conférer avec monsieur d'Argenson, ministre de la Guerre, et avec monsieur Amelot, ministre de la Politique ; je fis naître à chaque conversation des difficultés assez raisonnables. Apparemment qu'il survint des événements qui effacèrent ce projet de la tête des ministres ; je me gardais bien de les questionner ; ils ne m'en parlèrent plus, non plus que d'aller joindre mon régiment, de sorte que je restai tranquillement livré à mes seuls plaisirs et aux tracasseries de la société pendant l'année 1743. »

Mon argent fut la cause que jamais je ne sus de quoi était fait l'attachement que, somme toute, me manifesta monsieur de Choiseul. Affection ? Comment le savoir ? Pourquoi pas pure et simple reconnaissance à qui lui permettait de vivre sur le pied considérable qui était le seul sur quoi il s'imaginait ?

La guerre cependant continue. Choiseul sert sous Conti, qu'il admire, et qu'il a choisi pour patron. Ils sont en Allemagne. En Flandre, on gagne [1]. En Allemagne, on recule. Malgré cela, note Choiseul, « l'on crut devoir, sans doute parce que le Roi était en Flandre, tirer une partie assez considérable de l'armée d'Allemagne pour renforcer celle où était le Roi. » Conti ne se sent pas de taille à affronter les Impériaux, il rétrograde jusqu'au Rhin.

L'ancien duc de Lorraine, à présent grand-duc de Toscane, quoi qu'il en soit François, le mari de Marie-Thérèse, est élu Empereur d'Allemagne [2]. C'était pour empêcher cela qu'on se battait, au fait. L'armée du prince de Conti repasse le Rhin. C'est énervant. Conti, d'ailleurs, n'est plus en cour. Il était protégé par madame de Châteauroux, et madame de Châteauroux est morte. Ce prince, bel esprit, et qui a des bontés pour Choiseul, s'énerve, lui aussi. Il rapporte au jeune homme ce que lui mande de Paris son nouvelliste, le frère Latour, que le bruit court là-bas que le cadet a tout crédit sur l'aîné, et dirige en fait son armée. Conti en rit, bien sûr. Mais il redit l'histoire. Choiseul le rassure. « Une tête aussi folle que la mienne ? » Diriger « une campagne aussi sage » ? (Entendez : sous mes ordres, l'armée n'aurait pas reculé.)

Latour est un frère jésuite. Choiseul s'en souviendra.

1. Fontenoy, 11 mai 1745.
2. 13 septembre 1745.

Et voilà qu'un coup de pied de cheval lui casse la jambe. Il doit rester jusqu'à la fin 45 à Strasbourg.

Il y a des années rudes.

Il n'y avait qu'une chose… Non, je n'ai rien dit. Oubliez cela.

Comment ? Être honnête ? Oui, vous avez raison. Honnête, ou ne rien dire.

Une chose en lui me gênait. Ah, ce n'est pas non plus ce que je veux dire. Gêner n'est pas le mot.

Il y avait une chose en lui que je n'aimais pas. Cette fois c'est dit comme il faut. C'est honnête. Mais, grands dieux, si mesquin… Si vil de ma part. On n'a pas le droit de s'en prendre au physique d'autrui, a fortiori de qui on aime. Cette… chose, il n'y pouvait mais. J'aurais dû ne rien dire.

Il faut pourtant que je sois franche.

Soyez-en certaine, en tout cas, il n'y avait rien d'autre. C'était la seule chose en lui que je n'aimais pas.

Il avait de petites mains.

Marly, Fontainebleau, Versailles. C'est l'hiver. C'est reparti.

L'ami Gontaut s'est marié avec un amour de petite, et riche comme un puits. Antoinette-Eustachie du Châtel. Du Châtel, c'est-à-dire Crozat. Monsieur du Châtel est peut-être marquis, il est surtout le fils Crozat. Au demeurant l'homme le plus aimable et le plus cultivé qui soit.

Tout le monde en France connaît Crozat. Le père. « Crozat le riche. » La plus grosse fortune de sa génération. « Le gros Crozat », puisqu'il a cet autre surnom, ne doit de l'être devenu qu'à son obtuse avidité et à sa suraiguë astuce. Il a débuté maigre. Son grand-père était cocher de maison à Toulouse (qui plus est prénommé Salbigothon). Lui, le jeunot, le maigre qui s'était juré de ne pas le rester, a débuté commis à la trésorerie du Languedoc. Vite, il s'est fait nommer receveur général des finances à Bordeaux. Communément on dit « traitant ». On déteste ces hommes-là, prêts à tout pour faire rentrer les impôts, rachetant les affaires de ceux qu'ils ont ruinés la veille, finançant ce qu'on veut, pourvu que ça rapporte. Est-ce l'air de Bordeaux, les mots « comptoir », « factorerie », « sous le vent » ? Crozat mise sur le commerce avec les îles. Il a le privilège du négoce avec et dans la Louisiane. Autrement dit, il fonde la Louisiane. Il crée ainsi vingt entreprises. De ses deniers il fait creuser le canal de Saint-Quentin — on dit « le canal Crozat ».

Avec Legendre et les quatre Pâris-Duverney, il prête à Louis XIV de quoi finir la guerre de Succession d'Espagne. Cela fait pas mal. Banquier du roi ! Il met la main dans la foulée sur la recette générale du clergé, la trésorerie de l'ordre du Saint-Esprit. Il épouse la fille de Legendre.

Pour son fils aîné il achète la terre du Châtel, il ne sait trop où en Bretagne, et le titre qui va avec. Son fils est marquis. Il se marie dans la noblesse. La marquise tient salon à Paris. Ils ont deux filles, qui toutes deux seront duchesses.

Antoinette-Eustachie, d'abord. Épouse donc Charles-Antoine, duc de Gontaut, comte de Biron. Pour ce Gontaut, c'est peu dire que l'argent n'a pas d'odeur, il sent bon. Gontaut est courtisan, rien d'autre. « Courtisan par goût et par habitude », dit Choiseul, « ami des maîtresses du Roi » (sous-entendu : qui qu'elles soient). Et courtisan, à ce degré de proximité avec le soleil, c'est une activité à plein temps. On se lève à dix heures, peut-être, mais on est sur le pont jusqu'à trois, quatre heures du matin. Grâce à son amour de petite femme, Gontaut peut à la fois mener grand train et être disponible à tout moment, pour une chasse avec le roi, une bouillotte avec la Pompadour, un petit souper jusqu'au petit jour.

Avec ça dépourvu de tout appétit de pouvoir. Ravi de son emploi. Sans le moindre désir d'avoir de l'influence sur les maîtres du royaume Comblé d'être associé à leur récréation.

Choiseul est très ami de Gontaut et, chose pas si ordinaire alors qu'on le dit aujourd'hui, il le restera. Car Antoinette lui tombe dans les bras. Elle était sage et gaie, duchesse, richissime. La voilà folle de son vilain petit colonel.

De l'esprit. De l'érotisme de l'esprit. Du rire dans le désir.

Il y a des années fastes.

Monsieur de Gontaut passait pour charmant. Il est vrai qu'il était affable autant qu'on peut l'être. Mais il l'était si constamment, si uniment qu'on ne savait jamais s'il croyait à ce qu'il disait, ni à qui au fond il parlait, si ce n'était à une image de lui-même.

Parfois je me suis demandé si la lucidité de monsieur de Choiseul, pour cruelle qu'elle fût, ne faisait pas plus de part à autrui. Lui, du moins, avait des yeux pour voir, et des oreilles pour entendre. Il ne vivait pas dans le ravissement permanent de lui-même. Il était plus sévère pour le moindre de ses travers que pour qui que ce fût.

Juillet 46. Siège de Mons. L'affaire de quelques jours. C'est un prince de Hesse-Philipstatt qui tient la place. Le régiment de Choiseul force les portes de la ville. Choiseul, alors, pense « honnête d'aller rendre une visite à ce prince de Hesse ». On bavarde. Au détour d'une phrase, le prince se rend. La causerie se poursuit. « Nous parlâmes du siège. Un officier indiscret eut la sottise de lui demander dans la conversation pour quelle raison il s'était rendu avant que le chemin couvert de la place fût pris. "Parbleu, répondit le prince de Hesse, c'est que je connaissais les Français. Ils m'ont déjà pris deux fois dans cette guerre et, si je ne m'étais pas pressé de me rendre, je connais les Français, répéta-t-il ; ils étaient capables de me prendre d'assaut sans que je ne m'en aperçusse." »

Après Mons, on prend Charleroi. Choiseul est chargé d'aller à Versailles porter la nouvelle, et aussi demander à qui doit revenir le commandement en chef de l'armée des Flandres, du prince de Conti ou du maréchal de Saxe.

La Pompadour est pour le maréchal. Le roi pour son cousin, Conti : mais pas au point de contrarier sa belle. Il hésite, et pour finir, comme il fait toujours, coupe la poire en deux.

Choiseul, dans l'entrefaite, a eu le temps d'embrasser Antoinette. Baiser cruel, on le verra.

Cette semaine aussi meurt la dauphine, accouchée d'un enfant mort-né. Elle était née infante d'Espagne. Elle devait devenir reine, et l'enfant, si c'était un garçon, roi un jour, à son tour.

Pour la bonne nouvelle qu'il apportait, Choiseul est nommé brigadier [1]. Il s'en retourne au front. Conti se fâche. Il voulait la poire tout entière, il quitte l'armée. Maurice de Saxe est fils de roi, frère de roi [2], peut-être. Ce n'est quand même qu'un bâtard.

Choiseul est bien de cet avis. Saura-t-il jamais, lui, combien il a semé de bâtards ? Qu'importe, parlant de Saxe, qu'il appelle « monsieur de Saxe », il moque « la morgue allemande et même ridicule d'un bâtard de souverain ».

Notons le bel *et même*. Dans l'échelle du risible, juste en dessous de *ridicule,* il y a *allemand.*

Sous le bâtard, on prend Namur. On gagne la bataille de Rocoux. Il en faudrait plus pour faire démordre Choiseul de son jugement. « Nous gagnâmes la bataille que nous ne pouvions pas perdre, mais nous n'en profitâmes point pour détruire les ennemis, parce que le maréchal de Saxe avait une grande attention de conserver les ennemis pour avoir une armée à combattre l'année suivante. »

L'armée française se disperse. Choiseul passe au retour par la Lorraine. Pour la première fois il fait un héritage. Oh, « pas considérable, dit-il, mais qui me fit d'autant plus plaisir que les

---

1. Général de brigade. Il a vingt-sept ans.
2. Fils d'Auguste II de Pologne, frère d'Auguste III.

terres dont j'héritais furent le premier bien-fonds que j'aie possédé ». Un sien oncle lui lègue quelques terres, et ce qui est plus amusant, quelque argent. « Je trouvai dans la succession vingt mille écus en argent comptant, que le marquis de Stainville [...] avait été soixante ans à amasser et que je mangeai dans le courant de l'hiver. »

IV

Mon père avait passé tout son jeune âge à travailler à devenir un autre que ce qu'il était. Allons, il
y passa toute sa vie. Être le fils Crozat, c'était bien
pire qu'être Crozat lui-même. Crozat, le père, du
moins s'était arraché à sa condition, à la force de son
cynisme et de son flair. Et l'on avait pour lui l'admiration qu'on a pour les grandes crapules.

Mais naître fils d'une crapule, ainsi que mon père,
voilà qui n'avait rien d'admirable, fût-on riche à
millions. C'était peu ou prou misérable. Mon pauvre
père eut un hôtel, un marquisat, une épouse on ne
peut mieux née. Ce n'était pas assez.

Il voulut devenir un bel esprit et il y parvint. Il
prit des maîtres. Il lut. Il travailla. Il écouta. Il
devint raffiné comme aucun grand seigneur ne l'est.
Homme de culture — eux sont des rustres à cet
égard, et se targuant de l'être. Homme de goût, il ne
sut jamais s'il l'était. Eux n'en doutent jamais.

Confusément, mon père dut comprendre qu'il
poursuivrait toujours cet impossible but de faire

oublier sa naissance. Car il ne parlait pas en société,
lui qui avait tout lu, n'affirmait jamais rien, lui qui
en savait tant, et continua toute sa vie à observer et
à s'instruire.

Il eut un salon où venaient Voltaire, d'Alembert,
madame du Deffand, le président Hénault… Il
avait toujours ses façons de précepteur des enfants.
Au fond, toute sa vie il redouta le monde. Il ne se
sentait rassuré qu'en famille.

Monsieur de Choiseul, ah ! c'était juste l'opposé.
Il ne craignait personne. Il brillait et aimait briller. Il
n'écoutait jusqu'au bout une phrase que pour affiner
sa réponse. Il aimait la connaissance, pourtant,
mais celle seulement qui le rendait plus hardi au jeu,
plus gai à la guerre, plus inspiré dans l'action et plus
inventif en amour.

Antoinette-Eustachie est enceinte, elle sait de
qui, elle sait de quand : du passage éclair de
Choiseul à Versailles en juillet, entre les deux
victoires de Charleroi et de Rocoux.

Et elle aussi se sent le corps victorieux,
comme une qui, cent ou deux cents nuits plus
tôt, haletant, les cheveux trempés sur les tempes,
s'est affolée soudainement d'être comblée *et
plus,* et débordée par l'impression que c'était
trop, a éclaté en sanglots, stupéfaite elle-même
de ce dégorgement, et a hoqueté, sans avoir

encore retrouvé son souffle : Je voudrais un enfant de toi.

Gontaut, le mari, est content. Pourquoi Choiseul serait-il triste ? Les trois amis s'en donnent, cet hiver. Grandes fêtes à Versailles. Le dauphin se remarie. Voilà sept mois qu'est morte la petite infante. Le dauphin aurait bien épousé sa sœur. Le roi n'a pas voulu. « Le Roi se refusa aux vœux très ardents de son fils, à la politique la plus saine, qui sans contredit était de s'unir par tous les liens possibles à l'Espagne. Le même homme, qui très illicitement avait eu toutes les sœurs d'une famille, ne voulut pas permettre que son fils eût deux infantes d'Espagne en mariage. »

La Pompadour, on s'en souvient, est sous le charme de Maurice de Saxe. Lequel a dans sa manche une nièce et princesse de chez lui. La dauphine numéro deux sera saxonne [1].

C'est suffisant pour que Choiseul soit hostile à ce mariage. Mais pas assez pour qu'il le boude. « J'étais peu occupé alors des affaires politiques ; mais je sentais, comme tous ceux qui pensaient, l'absurdité de ce mariage, ce qui ne m'empêcha pas de m'y divertir beaucoup. »

Danse, danse, Antoinette et son ventre rond ! La dauphine est morte, vive la dauphine ! Le premier-né du dauphin n'a jamais vu le jour, il

1. Marie-Josèphe de Saxe, fille d'Auguste III de Pologne.

avait les yeux vitreux en naissant. Allons, ce ne sont pas les enfançons qui manquent. Le dauphin, pour finir, aura neuf enfants, dont trois rois, une reine, une sainte. Danse, Antoinette, danse son ventre de sept mois !

On n'en a plus idée aujourd'hui, mais les femmes, alors, sont tout le temps enceintes. Ce n'est pas une affaire, cela ne les empêche ni de séduire les princes, ni de chasser à courre, pas plus d'aller au bal. Les enfants meurent beaucoup en naissant, et les femmes non moins en les mettant au monde. Accoucher n'est pas pour autant pris au tragique. On meurt si souvent, à l'époque, et de tant de choses. Fièvres, fractures, fluxions, furoncles. On meurt si jeune. La dauphine deuxième aura neuf enfants, sans compter ceux qui ne survivront pas. Mais à trente-six ans, elle sera morte. On ne va pas y penser déjà. Danse, la dauphine !

Je ne sais comment j'aurais pu lui échapper. J'avais huit ou neuf ans qu'il fréquentait chez mes parents. Mon père l'aimait beaucoup. Je le regardais comme un petit oncle, un grand cousin — d'autant qu'il était fou de ma sœur aînée, et très ami de son époux.

Et moi aussi, j'aimais Antoinette-Eustachie, qui était ce qui se peut voir de plus tendre et de plus joli :

dix-huit ans, blonde et folle, rose et sage, aimant son mari qui l'aimait et, comme il aimait aussi monsieur de Choiseul, le laissait aimer sa petite épouse.

Vous avez neuf ans. Allez démêler ce qu'aimer veut dire, après ça.

Antoinette adorait monsieur de Choiseul. Elle me le fit voir dans cette adoration. Son ventre grossit, elle y posait les mains et me racontait en riant une histoire que racontait monsieur de Choiseul.

Le 13 avril, Antoinette accouche ; et le 16, elle est morte. Est-ce le 14 ou le 15 qu'elle se sent filer ? Elle fait venir sa jeune sœur. Louise-Honorine a dix ans juste, elle aime Gontaut, elle aime Choiseul. Elle aime plus que tout cette sœur si brillante, et qui pâlit si vite. Elle répète et promet. Oui, elle épousera Choiseul. Oui, quand il le voudra. Oui, le plus tôt sera le mieux. Oui, elle l'aimera toujours. Oui, elle aura soin du poupon. Oui, le poupon sera son fils. Oui, il est le fils de Choiseul.

Est-ce au même moment, sa main d'amant expert glissée par la mourante dans la petite main de sa cadette ? Choiseul aussi promet. Est-ce un peu plus tard ? dans la nuit ? introduit en catimini par une servante ? Oui, il épousera la petite.

Antoinette-Eustachie n'aura jamais vingt ans.

Gontaut et son ami pleurent dans les bras l'un de l'autre. Les deux pères du poupon ne se quitteront plus. Choiseul a pris sa femme à Gontaut, il lui a fait son fils. On ne va pas se fâcher pour si peu. Gontaut prend l'enfant. Choiseul le poussera comme un fils, il fera sa carrière.

Peut-être est-ce de ce jour-là que j'ai associé l'infidélité et la mort. Peut-être est-ce la vraie raison pour laquelle je n'ai jamais trompé monsieur de Choiseul. Je me dis que non, que j'avais des raisons plus hautes, ou tout bonnement qu'on ne trompe pas qui on aime. Mais se connaît-on bien ? Tout le monde savait de quoi était morte Antoinette — je veux dire que l'enfant était de monsieur de Choiseul. On me le cachait, mais à moi, Antoinette-Eustachie l'avait dit en secret. Elle me l'avait dit bien avant d'en mourir, alors qu'elle était grosse et seule à le savoir — seule avec moi, qu'elle faisait danser, en chemise. Elle disait : je l'aime, je l'aime. Et c'était bien assez. Je savais ce qu'elle voulait dire. On n'est plus un enfant, à neuf ans.

Il faut imaginer les heures qui suivent. Antoinette-Eustachie, sur son lit, devenue cire, et comme hostile. Le prêtre, avec sa grande étole d'or, qui prie haut et fort, à genoux, flanqué de deux clercs de quinze et seize ans. Et tout autour, les proches, qui savent plus ou moins les prières, et retiennent plus ou moins bien leurs larmes. Il y en a un qui ne prie pas — il ne comprend pas, il a horreur de ce qui ne se comprend pas. Tout le monde baisse la tête, lui non. Il regarde cette fille adorable, sur le lit, qu'il ne reconnaît plus. Il se rappelle cette fois où elle a éclaté en sanglots à peine avait-elle crié de plaisir — il n'avait pas compris. Il tourne la tête. Il regarde Louise-Honorine, de profil. Elle prie et elle pleure à la fois. Elle pleure de toute son âme, elle prie à gros sanglots. Choiseul la regarde, c'est la première fois, à vrai dire. Et ce qu'il voit, tous à part lui le savent : Louise ressemble trait pour trait à sa sœur.

Il y a une chose, après, dont il ne faut pas que je parle. J'avais douze ans, je crois. Je ne sais plus. C'est loin. Si j'y reviens, dites-moi de n'y plus penser. Si loin. Même pas sûr.

Il faut imaginer les funérailles, en l'église baroque et noire. Le ban, l'arrière-ban, les ducs, les curieuses. Le cercueil, au milieu, dont on se dit qu'Antoinette doit s'y cogner quand on le bouge, elle si menue, à présent toute sèche.

Louise-Honorine ne pleure plus. Elle a pleuré deux jours, c'est fini. Elle regarde autour d'elle. Et de l'autre côté de l'allée centrale, sur le même rang, elle voit cet homme à qui elle est promise. Elle le regarde. Elle y revient. Monsieur de Choiseul-Stainville. Il faudra qu'elle pense à demander ses prénoms. Lui, voilà ce matin qu'il ne relève pas la tête. Les autres s'agenouillent, se rassoient. Il ne bouge pas, lui. Qu'il est pieux, se dit Louise-Honorine. Qu'il est bon. Qu'il aimait ma sœur.

L'orgue tonne, tonne le prêtre noir et or qui parle de la mort tapie dans la vie, de la vie vouée à la mort, et de la surdité de l'homme qui ne veut rien entendre. L'homme, ce misérable.

On s'assied, on se lève. Louise a des fourmis dans les jambes. Elle voudrait quitter son banc, et s'avancer jusqu'au cercueil. Des fourmis qui lui grimpent jusqu'au ventre. Au passage, elle prendrait la main de cet homme à la tête basse. Elle est la demoiselle d'honneur de la morte. Demain, elle se marie, et la morte à son tour l'accompagne à l'autel. Elle est la mariée, l'orgue sonne, elle danse dans l'allée centrale. Elle relève l'affligé, il la fait reine. Antoinette est leur bonne fée. Dans le cercueil, avant de le clouer, on a remis à Antoinette la couronne de fleurs d'oranger de ses noces. À présent, c'est elle qui la porte, la petite, sœur de la fée. Ça sent l'orange.

Il y a cette chose que je ne dois pas rappeler. Vous dites ? J'y reviens ? Vous avez raison. Je n'ai rien dit. J'avais douze ans, non ? Il ne s'est rien passé. Non.

Une phrase pour dire tout ça. Une phrase dans les Mémoires : « Les plaisirs de cet hiver furent pour moi suivis d'un malheur bien sensible et qui me fit partir de très bonne heure pour l'armée. »

« J'étais peu occupé alors des affaires politiques ; mais je sentais, comme tous ceux qui pensaient, l'absurdité de ce mariage, ce qui ne m'empêcha pas de m'y divertir beaucoup. Mais les plaisirs de cet hiver furent pour moi suivis d'un malheur bien sensible et qui me fit partir de très bonne heure pour l'armée. »

V

Peut-être que la guerre console. En tout cas elle ne brouille pas la vue critique de Choiseul.

Son régiment sert dans l'armée de Flandre, que commande *monsieur de Saxe*. Le roi est de l'équipée. Ça fait partie des devoirs de la charge d'aller de temps en temps au front.

L'armée bat les Anglo-Hanovriens à Laufeld. Choiseul ricane : pour le même prix, on aurait pu écraser les Autrichiens du maréchal de Bathiani ; au lieu de cela, on déjeune. « Lorsque le maréchal de Saxe fut maître de Laufeld et qu'il eut vu le succès d'une charge de cavalerie où monsieur de Ligonier, général des Anglais sous monsieur de Cumberland, fut pris ; lorsqu'il fut bien assuré de la victoire momentanée et de la retraite de toute la droite de l'armée ennemie, il suspendit tout mouvement dans ses troupes et fut conduire les prisonniers au Roi, qui était resté comme une image toute la journée sur la hauteur d'Elderen. Les propos du

51

Roi à l'arrivée du maréchal ne furent pas plus militaires que ses actions ne l'avaient été. Le Roi proposa à déjeuner à monsieur de Saxe, à monsieur de Ligonier et à d'autres prisonniers. Monsieur de Ligonier ne refusa pas cette petite partie de débauche, qui sauvait l'armée dans laquelle il était un des principaux généraux. Après le déjeuner, qui fut long, l'on songea qu'il y avait des armées dans la plaine. […] Mais, en arrivant dans la plaine par-delà Laufeld, l'on trouva que tout le corps du maréchal Bathiani avait passé le défilé. La nuit vint ; l'armée française campa sur le champ de bataille, et l'armée ennemie, après avoir passé la Meuse à Maestricht, se déploya de l'autre côté de cette rivière et y campa. »

Monsieur de Saxe ne s'arrête pas là. Il s'empare de Berg-op-Zoom. Version de Choiseul : « Ne pouvant pas faire le siège de Maestricht, l'on se détermina à une entreprise aussi dangereuse, beaucoup plus coûteuse et parfaitement inutile, car il fallait bien faire quelque chose. L'on imagina donc d'entreprendre le siège de Berg-op-Zoom. Le maréchal de Saxe se chargea de contenir monsieur de Cumberland, et il envoya à Berg-op-Zoom monsieur de Lowendal. […] Cette ville fut prise par le hasard le plus heureux. Monsieur de Lowendal, qui n'avait pas même entré dans la tranchée pendant le siège, fut fait maréchal de France. Le Roi partit le lendemain [...] et l'armée se sépara peu de temps après son départ. »

Version de Voltaire : « De tous les sièges qu'on n'a jamais faits, celui-ci peut-être a été le plus difficile. On en chargea le comte de Lowendal, qui avait déjà pris une partie du Brabant hollandais. Ce général [...] parlait presque toutes les langues de l'Europe, connaissait toutes les cours, leur génie, celui des peuples, leur manière de combattre ; et il avait enfin donné la préférence à la France, où l'amitié du maréchal de Saxe le fit recevoir en qualité de lieutenant général [1]. »

Le moins qu'on puisse dire de Choiseul, c'est qu'il est fidèle en inimitié. Ce sera sa perte, plus tard. Il est d'ailleurs fidèle en amitié aussi.

Il y a cette heure à laquelle il ne faut plus que je pense. Comment ? Ne rien en dire ? C'est juste. Je me tais.

Refrain. Musique aigre-douce. « Je passai l'hiver de 1747 à 1748 à Paris, uniquement occupé à mes plaisirs. »

1. *Le Siècle de Louis XIV.*

Variante de cet hiver-là : « Je ne m'intéressai qu'à la nouvelle de l'assemblée d'un congrès à Aix-la-Chapelle, parce que je craignais la paix. La guerre me plaisait et m'intéressait en Flandre ; j'aimais beaucoup à passer sept mois en campagne et cinq mois à Paris et je craignais infiniment le succès du congrès. J'étais un peu rassuré par le plénipotentiaire que l'on envoyait de la part du Roi. »

Ce monsieur de Saint-Séverin, c'est bien simple, pour Choiseul c'est « le plus mauvais choix que l'on pouvait faire ». « Cet homme était né dur, brutal, sans esprit, sans connaître même la valeur des mots. » Bernis est d'accord. Il applique à Saint-Séverin le mot de Voltaire : « *le plus insuffisant suffisant* qui fût alors parmi les ministres ».

On connaît la chanson. On se dit que la rosserie doit désigner un émissaire intègre, artisan d'une paix juste, mais non. Cette fois-ci Choiseul n'a pas forcé le trait. La paix d'Aix est un fiasco pour la France. On revient au *statu quo ante* territorial, mis à part la Silésie, qui reste au roi de Prusse. La France rend toutes ses conquêtes. C'était du reste le projet déclaré du ministre des Affaires étrangères, au début de la guerre. D'Argenson, un inconditionnel du principe du désintéressement territorial : « La couronne est aujourd'hui trop grande, trop arrondie, trop bien située pour le commerce, pour préférer encore les acquisitions à la bonne réputation. Elle ne doit plus viser qu'à une noble prépondérance en Europe qui lui procure repos et dignité [1]. »

On verra ce qu'il en sera, de la prépondérance de la France, de son repos et de sa dignité.

Rit bien l'Anglais, en attendant.

Choiseul est ulcéré. Depuis mai 48, il est maréchal de camp. « Par cette paix l'on oubliait [...] le motif qui avait fait prendre les armes, l'intérêt de la Couronne, les vues les plus simples de la politique, la bonne foi due à l'Espagne et jusqu'à la prévoyance de la conservation de cette même paix. Cela n'empêcha pas que le Roi, madame de Pompadour et monsieur de Puysieulx [2] ne fussent enchantés de ce bel ouvrage. On loua le Roi à toute outrance sur sa modération, tandis que l'on devait critiquer son imbécillité et celle de ses ministres. »

Ce que les harengères résument d'une phrase quand elles se lancent à la tête l'injure de l'année : « Tu es bête comme la paix ! »

Cette heure de mes douze ans, nous fûmes tête à tête pour la première fois.

1. Mémoire au roi.
2. Le ministre des Affaires étrangères à la fin de la guerre.

La guerre est finie. La France a travaillé pour le roi de Prusse [1]. Choiseul est général, mais à quoi bon, en temps de paix ? Stanislas Leszczynski, nouveau duc de Lorraine, l'a nommé gouverneur-des-ville-et-château-de-Mirecourt-et-du-pays-de-Vosges. La belle affaire. D'un rapport ridicule, en plus. Un factotum là-bas pour décrocher le téléphone, Choiseul, lui, s'installe à Paris.

Il n'oublie pas sa petite promise — oublier la caverne d'Ali Baba ! On le voit souvent chez les du Châtel, dans l'hôtel phénoménal de Crozat le riche, rue de Richelieu. Mais la petite, en dessous de ses yeux superbes, est plate comme la main. Elle joue encore au volant. Le mariage ne presse pas. Les femmes sont si belles à Paris, si gourmandes.

Il n'y a guère au monde que Mars et Vénus en compagnie de qui Choiseul ne s'ennuie pas. Et même ces deux-là, à la longue... « Je ne me rappelle aucun événement qui m'ait intéressé dans tout le courant de l'année [2] et de la suivante. »

La Cour ? On sait bien que « ce pays-là » assomme Choiseul. « Je n'allais à la Cour que

1. L'expression date de l'époque.
2. 1749.

quand mon plaisir m'y engageait ; depuis que j'étais maréchal de camp, je n'avais aucune affaire aux ministres [...]. Jamais je ne parlais de la Cour ni à monsieur de Gontaut, ni à tous les courtisans avec qui je vivais que lorsqu'il y avait quelque plaisanterie à en faire. »

Il faut croire qu'il y a là matière à beaucoup plaisanter, et que le plaisir de Choiseul l'engage souvent à la Cour : il n'est pas un ragot, pas une intrigue de « ce pays-là » qui lui échappe.

Le ministre d'État Maurepas n'a plus l'heur de plaire à la Pompadour. Le secrétaire d'État à la Guerre, d'Argenson, oui. Celui-ci s'ingénie à perdre celui-là. Il fait envoyer à la favorite « une boîte remplie d'artifices et d'eau-forte [...], comme si cette boîte contenait des bijoux ». Il est là quand la boîte arrive. Prenez garde, dit-il, il y a « des exemples terribles sur les ouvertures de boîte ». On masque un valet, on lui fait ouvrir la cassette. On y trouve « ce que ceux qui la faisaient ouvrir et qui l'avaient envoyée savaient tous bien, de la poudre, des fioles de verre qui, en se brisant, faisaient une explosion ». On persuade à madame de Pompadour que l'expéditeur ne peut être que monsieur de Maurepas. Maurepas est ministre depuis trente ans, c'est un homme de bien, Louis XV l'apprécie. Quelque temps avant, sentant venir l'intrigue, il a demandé au roi de l'avertir si quelque chose dans sa conduite lui déplaisait. Le roi l'a rassuré.

La lettre de renvoi commence par ces mots : « Monsieur de Maurepas, je vous ai promis de vous avertir quand vos services ne me plairaient plus. Je vous ordonne de donner au comte d'Argenson votre démission… »

« J'écris cette anecdote que tout le monde sait, souligne Choiseul, qui y consacre bien deux pages de ses brefs Mémoires, parce qu'elle […] peint non seulement la faiblesse du Roi, mais sa fausseté et sa malignité, quand il a le plaisir d'avoir le courage de faire le mal. »

Si Choiseul en dit tant de mal, c'est évidemment que la Cour — le roi, sa belle — lui bat froid. Il y a des années où les choses traînent. La paix est d'un ennui mortel. Quant aux femmes, certains hivers, elles se ressemblent toutes.

La petite du Châtel aussi s'impatiente. Elle a douze ans. Le temps n'en finit pas. Elle voudrait être grande, avoir une maison à elle, avec des gens à elle, des voitures à elle, un époux à elle.

L'heure la plus belle de ma vie fut celle où nous nous vîmes seul à seul, pour la première fois.

La veille, chez ma mère, me saluant il m'avait dit : «Vos femmes seront-elles avec vous demain matin ? » Mon cœur s'était serré comme un poing, je m'étais entendue répondre : «Voulez-vous que ce ne soit pas ? »

Nous étions promis l'un à l'autre, mes femmes le savaient. L'une après l'autre elles avaient souri, lorsque à la première j'avais demandé qu'on n'entrât pas chez moi jusqu'au dîner — j'avais une visite —, et à la seconde qu'on n'en fît pas état dans la maison : c'était une visite à moi seule.

J'attendis dans une impatience, dans une angoisse merveilleuse.

Quand il m'eut quittée, quelque chose en moi était mort sans recours. Pourquoi ne me parla-t-il pas ? Je le laissai faire, en me rappelant ma réponse, la veille : «Voulez-vous me trouver seule en venant ? »

Je claquais des dents. Il me dit, souriant : «Vous voici grande, à présent. Ne parlez à personne. »

On m'a demandé quelquefois d'où me venait l'impossibilité que j'ai de dire quoi que ce soit de mes soucis — d'autres ont vu là une fermeté d'âme, une indifférence à moi-même que je suis loin d'avoir. Non, je crois que, depuis, sans cesse j'ai entendu cet ordre : Vous voilà grande, taisez-vous.

Il avait les yeux qui brillaient, je le sentais ravi. La plus cruelle heure de ma vie fut celle où il me vint voir seule, la première fois.

Il ne faut plus penser à ça : je me le serai répété ma vie entière. Et en effet j'appris à ne plus y penser. Mais le pli que je pris de diriger ailleurs et sans pitié mon esprit dès lors qu'il prenait le chemin de ce souvenir ne me soulageait pas. Je pouvais bien n'y penser pas, c'était en moi. Cette heure était en moi comme un cancer. Comme un organe malade et vital. Comme un cœur qui ne va pas bien.

Car de cette heure, j'ai aimé cet homme de passion et avec terreur. Je n'ai plus fait que le craindre et l'attendre. Je ne pouvais pas me passer de lui et je le redoutais.

« Je ne me rappelle aucun événement qui m'ait intéressé dans tout le courant de l'année. »

VI

J'eus dans ma corbeille de noce des joyaux qui firent pousser des cris à mes femmes. Monsieur de Choiseul avait apporté, entre autres, une topaze, montée en tour de cou et grosse comme un œuf de caille.

Cette pierre me terrifiait. Jaune et froide — la voyant, je voyais ma sœur sur son lit de mort.

Je refusai de mettre la topaze au repas de contrat. On me gronda. Je ne pouvais pas m'expliquer. Je la laissai mettre autour de mon cou.

Le mariage a lieu fin 1750.

Stupéfaction chez les contemporains. « Ce mariage étonna tout Paris à cause du peu de fortune que l'époux apportait. » Étonnement étonnamment moderne : ce n'est pas qu'un aristocrate désargenté épouse une héritière, qui surprend ; c'est qu'une fille aussi riche ait de l'inclination pour un officier nanti en tout et pour tout de brillants états de service et d'un grand beau nom vieille France.

Satisfaction chez Choiseul : « Je me mariai au mois de décembre de l'année 1750, à mademoiselle du Châtel, dont le père, qui était fort de mes amis, était mort l'année précédente. J'étais attaché depuis longtemps à madame du Châtel et il y avait longtemps aussi que mon mariage était arrêté avec sa fille. Ce mariage était plus de ma part et de celui de madame du Châtel un mariage de sentiment qu'un mariage d'intérêt. Mademoiselle du Châtel avait alors un procès d'où dépendait une grande partie de sa fortune. Elle a gagné depuis mon mariage ce procès ; elle a eu de sa famille un bien-fonds considérable dont elle m'a laissé dissiper la plus grande partie ; mais sa vertu, ses agréments, son sentiment pour moi, celui que j'ai pour elle, ont mis un bonheur dans notre union bien supérieur à tous les avantages de la fortune. »

Il est drôle, Choiseul. Pourquoi faut-il donc qu'il appuie, il n'entrait aucun intérêt dans ce mariage, non, non, oh non, non, non. D'un homme si froid, si lucide, c'est renversant, cette façon de gosse de signaler : mais non, ce n'est pas moi qui ai mis le doigt dans la confiture.

Il en rajoute : au moment où je l'ai épousée, il n'était pas sûr qu'elle dût rester riche. Il y avait procès en cours.

Allons donc. Il y a bien procès, entre madame du Châtel et son beau-frère, mais c'est au sujet de la terre du Châtel, au fond de la Bretagne. N'en dépend qu'epsilon de la fortune de Louise.

Ma robe de mariage était rose et or, avec une guirlande au travers du corsage, et des bouquets au bas. Et la tache sur mon jupon, depuis plusieurs mois. Sur mon jupon, quel qu'il fût. Sur tous mes jupons, les neufs comme les autres, ceux qu'on avait lavés cent fois et ceux que je n'avais encore jamais mis.

J'espérais que la belle robe aurait raison de la tache. Que le sang ne se verrait plus sur la petite clé. Que personne, et surtout pas moi, ne saurait plus que la clé avait été décrochée de son clou, quand elle n'aurait pas dû l'être.

Je crus la tache disparue. Je le crus quelque temps. Mais retournant la clé, je vis qu'elle était toujours là, de l'autre côté. Je frottai de toutes mes forces, j'oubliai de toutes mes forces. La tache n'était plus ici. Elle était là. S'en allait, et s'en revenait.

Je cessai de frotter. Je ne pensai plus tache, mais marque vive. Stigmate. Braise intime. Âme. Forme même de mon âme. Marque même de mon amour. Nom de mon amour.

Jamais je n'ai connu la tranquillité de l'âme. Jamais depuis ce jour de mes dix ans où ma sœur qui

mourait mit ma main dans la main petite et carrée
de monsieur de Choiseul.

Et ce n'est pas assez. Il faut encore que le rusé
Choiseul lâche un aveu balourd. Un aveu de
paternité. « Je fus occupé, l'année d'après mon
mariage, du procès de madame de Choiseul. Je
mis de la suite et une grande application à cette
affaire, qui m'était commune avec le duc de
Gontaut, père du duc de Lauzun, qui avait alors
cinq ans. »

On a bien lu. C'est Gontaut, le père du petit
Lauzun, pas Choiseul, non, non, non. Choiseul
ne touche pas deux fois le magot Crozat, une
fois comme époux, côté Louise-Honorine, une
autre côté Antoinette-Eustachie, à travers leur
fils. Non. Non.

Je ne suis pas sûre d'avoir été claire en vous parlant
de mon mariage. Il y a des choses simples difficiles à
dire. Il faut pourtant que je sois nette. Une enfant
violée peut bien se marier avec celui qui a abusé d'elle,
elle peut l'aduler, son époux reste l'homme qui l'a vio-
lentée. Il l'est chaque fois qu'il l'approche. J'espérais
que la violence serait en quelque sorte absorbée par le
mariage. Mais ce fut l'inverse.

Choiseul est riche. Il s'est installé dans l'hôtel Crozat, où vit sa belle-mère. Gontaut habite là aussi, et le petit Lauzun. Il y a des gens partout, les gens des uns, les gens des autres, on ne sait jamais trop combien sont les gens. Les jardins vont jusqu'aux remparts.

Louise-Honorine a cent vingt mille livres de rentes, et déjà Paris bruit des soupers de monsieur son époux, de ses habits mirobolants, des cadeaux dont il comble qui l'amuse, en les murs, hors les murs.

On en oublierait de dire qu'il est très content de sa femme. Un amour. Bientôt quatorze ans, belle comme l'aurore, réservée à plaisir — on sait ce que sont dans le noir les femmes réservées le jour.

Enfin Étienne-François mène un train accordé à ce qu'il est. Enfin il peut ne plus compter. Il n'a jamais compté, mais ça lui a valu des complications infinies. Enfin il n'a plus à penser à l'argent.

Et ça ne suffit pas. Ce n'est rien. Il se frappe le front contre la croisée. Les jardiniers lèvent le nez. Allons. Tout doux. Se reprendre. Ce matin, son manteau de lit est de soie jaune et or, avec des parements de loutre et des boutons de diamant. Non, ce n'est pas rien d'être riche, mais ce n'est pas assez.

Du moins les choses s'éclaircissent. La marche suivante est quelque part à la Cour. Le temps presse.

C'était un peu étrange, on me disait belle, on le disait laid, et il me semblait parfois qu'il me regardait comme un homme très beau de sa personne la fille contrefaite qu'il a épousée pour son argent ; j'étais riche, lui non, et j'avais l'impression d'être la parente pauvre d'un homme fortuné qui l'a prise pour femme par compassion.

Mais voilà. Le roi ne daigne toujours pas se souvenir de l'existence de Choiseul. À quoi bon être riche, si ça ne change rien ? Au roi, l'argent ne fait ni chaud ni froid. Le roi est beaucoup plus que riche. Il ne sait pas ce qu'il possède. Jamais il ne s'est posé la question. S'il est riche, il l'ignore. S'il ne l'était pas, il l'ignorerait tout autant. Voilà ce qui s'appelle être riche.

Le roi ignore Choiseul le riche. La Pompadour, dit-on, fait écran, toujours elle. Dit l'intéressé.

Et se console en compagnie de qui veut bien. Celles qui ne l'ont pas eu l'hiver d'avant l'ont cet hiver-là.

Et s'efforce de se calmer en travaillant rageusement. Le matin, étudie l'art de gouverner un pays, et s'exaspère de voir le sien si mal mené.

Et trouve le moyen de souffrir.

Stanislas de Lorraine le nomme grand bailli d'épée du pays des Vosges. Loué soit le duc, et vive la Lorraine ! Le revenu de cette charge ? Pas de revenu ?... Et les obligations ? Paraître aux cérémonies au côté du duc. Aux cérémonies ? Un pas derrière le duc ?... Quel honneur ! Quelle confiance de la part de la maison de Lorraine en un modeste soldat ! Serviteur !

Madame de Choiseul demande à me voir ? Qu'est-ce qu'il y a, madame ? Un souci ? Non. Tant mieux. Je préfère m'être trompé, car j'ai besoin de calme, ce matin.

Les choses auraient-elles été différentes si j'avais donné des enfants à monsieur de Choiseul ? Peu après notre mariage, je fis une fausse couche et fus longtemps malade. Je me rappelle avoir pleuré. Je n'avais pas quinze ans. Monsieur de Choiseul était mon aîné de dix-huit ans, sans compter les campagnes, les ambassades, les blessures à la guerre, à la

Cour, tant d'expériences en un mot que je n'avais pas et n'aurais jamais.

Il avait été l'ami de mon père. Donner le jour à un enfant m'aurait donné, à moi, du moins je le croyais, comme un savoir aussi, un baptême du feu, une expérience à lui inaccessible. Enfin j'aurais eu l'impression de grandir un peu. Au lieu que mon époux me traitait en enfant, toujours.

C'était l'enfant qu'il aimait en moi, et je ne voulais plus. Il avait épousé une petite fille — pas n'importe laquelle, la petite-fille du gros Crozat. C'était cette enfant-là qu'il aimait. Il vit toujours en moi la petite-fille de. *Je ne crois pas qu'il me vît jamais.*

Les autres qu'il aima — tenez, madame de Gramont, par exemple —, il les voyait femmes. Il n'avait pas de goût particulier pour les tendrons. Il aimait trop l'esprit d'un corps fait, la rouerie dans les plis de peau de l'expérience.

Je voulais être femme, moi aussi, regardée en femme, et je pleurai amèrement quand on m'expliqua ce qu'était une fausse couche.

Mais dans le noir, la nuit, je ne pleurais plus. Je pensais à la mort d'Antoinette-Eustachie, trois jours après qu'elle avait accouché d'un garçon que dans son délire elle appelait Étienne-François. Le nouveau-né avait été baptisé Armand-Louis, mais son père, en effet, son vrai père avait nom Étienne-François. Et c'était mon époux, à présent, je voudrais un enfant de lui, Étienne-François de Choiseul, je ne veux pas mourir. Je voulais être femme, il m'aimait enfant, je ne savais plus. J'avais énormément de fièvre. Je restai couchée plusieurs mois. Monsieur de Choiseul ne me touchait plus que le front et les mains, comme à une malade. Je n'avais plus peur.

II
« L'air de l'intrigue »

VII

Si rien n'avance, on va forcer un peu le destin.
Si madame de Pompadour est l'ennemie, on va
amadouer la Pompadour.

Tous les moyens sont bons. Pourquoi pas ceux
que souffle l'occasion ? On reconnaît un politique à ce qu'il met la main à la taille de l'occasion comme un Don Juan à celle de toute femme
passant à sa portée.

« Monsieur de Gontaut vivait intimement à
Versailles avec le marquis de Meuse. Il vit chez
monsieur de Meuse un monsieur de Choiseul,
bête, brutal, claquedent, grossier, qui avait été
toute sa vie dans un régiment d'infanterie et qui
était parvenu à avoir un régiment, je ne sais par
quel hasard.

« Ce monsieur de Choiseul était pauvre et
joueur ; il était mon cousin issu de germain ; il
avait passé sa vie en garnison ; en dernier lieu il
venait de servir à Gênes ou en Corse. Je ne
l'avais jamais vu. À son arrivée à Paris, il vint me

voir et me parla de sa médiocre fortune et de l'embarras où il était pour se soutenir à la tête d'un régiment. Je lui conseillai de se faire une réputation par l'amour de son métier et sa volonté de s'offrir pour toutes les commissions les plus éloignées et les plus hasardées, même d'aller en Amérique si cela était nécessaire. [...] Monsieur de Choiseul ne me parut pas goûter mes conseils ; il avait raison, car l'amitié de monsieur de Meuse, et de monsieur de Gontaut surtout, le conduirait beaucoup plus vite à la fortune. Monsieur de Gontaut parlait continuellement à madame de Pompadour de monsieur de Choiseul, qui était devenu sa passion dominante [...]. Madame de Pompadour avait dans un coin du monde très obscur une parente de son mari qui avait une fille. Elle imagina de faire épouser cette fille à monsieur de Choiseul. [...]

« Un jour monsieur de Gontaut vint à Paris me dire qu'il croyait que j'approuverais ce qu'il avait fait pour la fortune de mon cousin : qu'il avait engagé madame de Pompadour à lui donner mademoiselle de Romanet, sa parente. En remerciant monsieur de Gontaut de sa bonne volonté et de son honnêteté, je ne pus pas lui cacher que je désapprouvais infiniment ce mariage. Je me souviens que je lui en dis deux raisons : la première, que j'aimais mieux que monsieur de Choiseul restât dans son état militaire avec une fortune médiocre que de faire une alliance qui me paraissait déshonorante ; la seconde, que je trouvais qu'il était fort imprudent de mettre à la Cour, dans l'intérieur de la société du Roi, un homme qui me paraissait d'abord fort peu fait pour ce pays-là et dont la tournure grossière ne présageait que des inconvénients. Monsieur de Gontaut me parut choqué de mes observations ; il me montra avec honnêteté, mais avec aigreur, que ma répugnance lui déplaisait et finit par me dire qu'il regardait monsieur de Choiseul comme son fils et qu'il ne perdrait pas […] une occasion de faire la fortune d'un homme de cette naissance, qui n'avait d'autres ressources vis-à-vis de sa famille que le conseil d'aller en Amérique, ce qui était à peu près comme si on lui conseillait de se jeter par la fenêtre. »

J'ai su depuis le début, il me semble, qu'on me trompait. C'est étonnant, dans ces cas-là, comme on est informé. Je crois que j'aurais préféré ne rien savoir, mais tout le monde m'instruisait : ceux qui parlaient trop fort, peut-être innocemment ; ceux qui, sachant tout, ainsi que ma mère, cherchaient à s'assurer que je ne savais rien ; d'autres qui, me trouvant sans doute riche de trop de faveurs du destin, avaient plaisir à me mettre à l'épreuve, et faisaient revenir dans leur conversation trop de fois cer-

tains noms ; d'autres enfin qui voulaient au contraire m'épargner, et m'instruisaient par le soin qu'ils mettaient à écarter de moi telle ou telle.

Je sus des noms. Tant de noms. Je ne vous en dirai aucun. J'ai tant voulu les oublier. Les noms donnaient corps aux rumeurs. Je me remettais lentement de maladie, j'avais encore de longs moments d'égarement ; je me persuadais que ces ragots naissaient de mes cauchemars et d'eux seuls.

Je voyais monsieur de Choiseul à dîner. À cette heure il avait la tête toute pleine des livres qu'il avait lus le matin. Il m'en parlait comme il l'eût fait à un égal. Il me louait pour les questions qui me venaient alors à l'esprit. Je crois ne pas exagérer si j'appelle adoration mon sentiment pour lui dans ces moments.

« Le mariage de monsieur de Choiseul [-Beaupré] avec mademoiselle de Romanet se conclut, sans que l'on m'en parlât davantage. Tout ce qui portait le nom du marié fut prié à Bellevue à la noce, chez madame de Pompadour. Je m'aperçus que monsieur de Gontaut avait dit quelque chose du mécontentement que j'avais marqué de ce mariage, car madame de Pompadour, et surtout madame d'Estrades, tante de mademoiselle de Romanet, ne me faisaient pas trop bonne mine, ce qui ne m'empêcha pas de me divertir infiniment de la nouvelle parenté que j'acquérais. Mademoiselle de Romanet, qui se mariait, était assez bien faite, un visage commun, l'air d'une fille entretenue qui a beaucoup d'usage du monde. Je n'ai jamais vu avoir des manières si délibérées, l'on pouvait même dire si libres. Elle avait une mère, madame de Romanet, qui ressemblait parfaitement à une tante d'emprunt de fille publique. Je vis, dès le premier moment, que la nouvelle mariée ferait parler d'elle. »

En effet. La pauvre Pompadour a introduit la louve dans la bergerie. Voilà longtemps qu'elle ne suffit plus aux appétits du roi, compliqués, ce dit-on. De peur d'être évincée, elle pourvoie son amant et roi en suppléantes. Parc aux cerfs et *tutti quanti*. Elle a fait erreur, pourtant, si elle a cru que sa parente se contenterait de ce travail d'appoint. La nièce veut la place de la tante, et elle s'y emploie. Elle a ferré le roi mais — elle le lui a dit — elle ne lui cédera qu'à la condition qu'il renvoie madame sa tante.

Là, Choiseul intervient. Il n'aime pas la Pompadour, mais qu'une Choiseul soit « maîtresse en titre », non. Pas de blague. On ne rit plus. Il rejoint la Cour à Fontainebleau.

Et puis l'occasion est trop belle de faire coup double : en évitant le déshonneur sur son nom, de se faire remarquer de cette fichue Pompadour.

La chronique dit que Choiseul obtint les faveurs de sa cousine. Rien là d'improbable. Il n'aurait pas été le seul. Toujours est-il dans son intimité ; il la provoque, et elle grimpe aux branches.

— On m'a dit, mais je n'en crois rien, que le Roi vous regarde.

— On dit vrai.

— Le Roi ne renverra jamais madame de Pompadour.

— C'est ce qu'on verra.

— Vous avez des indices ?

— Des indices ? *(Rire.)* J'ai des preuves.

— Je ne vous crois pas.

— Vous allez me croire.

Et la bécasse de sortir des lettres, une en particulier, où le roi, en effet, envisage de congédier la marquise.

Choiseul note, au passage, que la lettre est « mal arrangée », comme tout ce qu'écrit le roi. N'empêche. La coquine n'a pas menti. « Je craignis par cette lettre que, si elle continuait à résister et à être bien conseillée, elle ne parvînt à tout ce qu'elle prétendait et ne fût, dans le voyage même de Fontainebleau, déclarée maîtresse en titre. Le tableau de l'horreur d'une femme de mon nom dans cette place se présenta à moi avec effroi. »

Ni une ni deux, il menace. Il somme sa cousine de quitter la Cour. Qu'elle refuse, il dira tout à son mari.

La petite menace à son tour. Si Choiseul fait cela, le roi s'en souviendra.

Choiseul tient bon. « Ce n'est pas, lui dis-je, que je sois d'une pédanterie fort scrupuleuse sur l'amour, outre que j'approuverais tous les goûts, quels qu'ils fussent, que vous pourriez avoir, même que vous satisfassiez ceux du Roi, pourvu que pour le Roi ce fût en secret et sans aucune apparence de crédit ; en un mot l'état de madame de Pompadour me paraît insupportable. »

On n'est pas plus galant.

Je demandai une ou deux fois : « M'aimez-vous ? » Il répondit : « Je vous ai épousée. Que vous faut-il encore ? »

Choiseul parle au mari. Puis il passe aux amis de la marquise, Gontaut et compagnie. Il feint de ne pouvoir se retenir de rire. Qu'y a-t-il de si drôle ? Il y a, lâche-t-il, qu'un mot de lui tranquilliserait tout le monde. « Et pourquoi ne pas le dire, ce mot ? s'écria monsieur de Gontaut. — Mon cher frère, lui répondis-je, parce que je n'ai aucune envie de tranquilliser madame de Pompadour. »

La Pompadour supplie que Choiseul consente à la voir. Il refuse une fois, deux fois. Il accepte. On les laisse tête à tête. La favorite a trente ans, elle pleure. Choiseul dit ce qu'il sait, les lettres du roi, mais surtout qu'il a intimé à sa cousine de quitter la Cour.

Le voilà l'allié de la Pompadour. « Je lui dis même à cette occasion des galanteries ; mais en même temps je l'assurais que je regarderais comme déshonorant pour moi de tirer parti de cet événement pour profiter de son crédit. »

On entend le roi qui revient du salut. Choiseul s'éclipse. Il est un peu troublé. Il imagine la scène de ménage qu'il a rendue possible, madame de Pompadour enfin forte de preuves de la trahison du roi. Il n'est plus trop sûr d'avoir bien agi. « La réflexion me donna du remords sur une conversation qui avait l'air de l'intrigue et par conséquent qui offensait ma délicatesse naturelle. »

De l'intrigue ? Fi donc. Qui pourrait bien imaginer de l'intérêt là-derrière ?

C'est à se demander si Choiseul se paie la tête du lecteur pour les siècles des siècles, ou s'il le met de son côté. À crapule, crapule et demie. Vous avez vu le joli coup ?

Madame de Choiseul-cousine meurt en couches au printemps suivant. On ne parle plus de l'histoire, dit Choiseul, et lui n'y pense plus.

Fin du chapitre XIV des Mémoires.

Une autre fois il répondit : « Je vous aime tendrement. Soyez-en sûre. Quoi qu'il paraisse, ne l'oubliez pas. » Et je sus qu'il disait la vérité. Je le sais encore.

Je m'en voulus. J'étais aimée de qui j'aimais, que me fallait-il d'autre ? Au fond je me plaignais de n'être pas la seule. Je voulais régner sans partage, ce n'était pas bien noble. Monsieur de Choiseul n'était pas un homme ordinaire. Ce qui remplit une vie ordinaire l'occupait deux saisons. Il ne connaissait pas la satiété. Il lui fallait une passion nouvelle chaque mois, en permanence le travail que dix n'auraient pu faire, et là-dessus de l'imprévu, des cataclysmes, du danger, une guerre, des inimitiés : là, l'ennui ne lui caillait pas le sang.

Il m'aimait, c'est certain. Aurais-je été la seule dans son cœur, il ne m'aurait pas aimée plus. Il aimait tant de choses, en outre. Le pouvoir, l'intrigue, l'étude. Le jeu et l'action. La solitude et les conversations jusque tard dans la nuit.

À dire vrai, je ne me plaignais pas, même en mon for intérieur, de n'être pas l'unique objet de son attention. J'en souffrais. J'avais beau me raisonner, comprendre, par instants, accepter parfois même, j'en souffrais mort et passion.

Et je ne pouvais m'empêcher de penser qu'une chose qui cause autant de souffrance, quelques raisons qu'on puisse lui trouver, n'est pas bien.

VIII

Chapitre xv, tiens, c'est curieux, madame de Pompadour invite Choiseul à souper chez elle. Le roi semble furieux de voir là ce nouveau venu. Aurait-il identifié le fâcheux, le gâte-sauce ? Celui qui l'a privé de cette brune, l'an passé ?

Choiseul en est vert. Il le dit un peu autrement. « Quoique le sentiment du Roi m'intéressât on ne peut moins, cependant je ne voulais pas sentir son aversion en activité publique. » Il prie la Pompadour de tirer sans tarder les choses au clair — il précise bien : « plutôt pour satisfaire ma curiosité et me procurer la liberté de la voir sans embarras, que pour effacer les impressions du Roi qui m'étaient indifférentes ».

Or la marquise a le moyen de savoir le fin mot de l'histoire. Elle entend en effet récompenser Choiseul de son geste de l'an dernier, et pense à lui pour le poste d'ambassadeur à Rome. Poste prestigieux, qui plus est stratégique en ce temps où le jansénisme a coupé la France en deux, et où devient urgent le règlement de la querelle.

La marquise fait informer Choiseul de son projet. Ambassadeur à Rome ? Cela demande réflexion. « Jusques là j'avais mis assez de suite pour m'instruire et travailler sur toutes sortes d'objets, mais je n'avais pas songé particulièrement à la politique. Je m'occupais régulièrement toute la matinée ; je me divertissais toute l'après-midi et je tenais beaucoup plus à cette dernière partie de ma vie qu'à toute idée d'ambition. D'ailleurs [1], j'avais épousé une enfant que j'aimais tendrement ; qui, depuis trois ans que j'étais marié, avait fait une fausse couche, avait eu une fièvre maligne horrible, dont elle n'était pas remise et qui l'avait laissée dans un état de faiblesse et d'anéantissement très inquiétant. Je ne pouvais ni ne voulais la quitter et je sentais la difficulté de lui faire faire un voyage comme celui de Rome à son âge, avec une santé aussi délicate. »

On peut quand même étudier la proposition. « Je fus à Fontainebleau sans être bien déterminé sur le parti que je prendrais. » Tout le monde pousse Choiseul à considérer l'intérêt de l'offre, le maréchal de Noailles, alors ministre d'État, le ministre des Affaires étrangères, monsieur de

---

1. Soulignons ce *d'ailleurs*. Choiseul ne le fait pas.

Saint-Contest, et bien sûr la marquise-premier ministre.

Si tout le monde insiste… Choiseul veut bien céder. Il informe ses proches de son prochain départ pour Rome.

Je vous ai dit avoir souvent pensé qu'une chose qui blesse autrui, un comportement qui fait mal doit bien avoir partie liée avec le Mal.

Voilà tout à coup que je ne sais plus. Qui donc fait souffrir mille morts par Son absence, Son silence, Son éternelle impassibilité, sinon le Très Bon, l'Infiniment Aimant, le Pur Amour ? Mon Dieu, c'est difficile. Je croyais que l'amour n'était que bonté, et je vois que les choses sont plus compliquées — trop compliquées pour être démêlées par un cerveau humain.

Et mon cher grand abbé *qui n'est plus là. Il aurait su m'aider. Il était peu versé dans la théologie. Mais la souffrance humaine, il la connaissait bien.*

Mais voilà que les choses traînent. La nomination ne vient pas. Saint-Contest a le plus grand mal à obtenir l'accord du roi.

Choiseul est ulcéré. Il se moquait d'aller ambassadeur à Rome, mais si maintenant on le lui refuse, il le prendra comme un affront. « Avant les démarches que l'on m'avait fait faire et que ma famille et mes amis savaient, j'avais plutôt de la répugnance que du désir pour l'ambassade de Rome ; mais je sentis que le refus me blessait. »

Me blesse et me stimule. « Je commençais à m'accoutumer à l'idée d'être l'objet de l'aversion du Roi ; c'était un état qui me plaisait assez. J'avais prévenu mes amis et ma famille que mes espérances sur le succès de cette demande étaient tombées, et je priai madame de Pompadour d'en abandonner l'idée qui ne pouvait lui procurer que des dégoûts. J'avais pris mon parti sur ce petit événement désagréable, d'autant plus qu'en tout genre j'avais des dédommagements bien séduisants. »

Il y a deux phrases à mon sujet dans les Mémoires de monsieur de Choiseul. Elles sont merveilleuses, et m'ont souvent réconfortée. La première dit qu'on m'épousa par inclination et qu'on en fut heureux. « Elle a eu de sa famille un bien-fonds considérable dont elle m'a laissé dissiper la plus grande partie ; mais sa vertu, ses agréments, son sentiment pour moi, celui que j'ai pour elle, ont mis un bonheur dans notre union bien supérieur à tous les avantages de la fortune. » La seconde évoque la fausse couche qui m'affligea et la fièvre qui s'ensuivit ; je m'en suis répété mille fois le début : « J'avais épousé une enfant que j'aimais tendrement… »

Mais la marquise elle aussi est piquée, et demande au roi des explications. Le roi les lui accorde. En effet il déteste Choiseul « personnellement ». Il sait tout de son immixtion dans ses affaires amoureuses. Il se refuse à lui marquer intérêt ou faveur.

La favorite met son poids dans la balance. Dit-elle à Choiseul, qui le rapporte à la postérité à travers ses Mémoires. Si le roi continue à faire obstacle à la nomination, elle le quitte. Elle « va à Paris pour ne plus revenir à la Cour ».

Le roi cède. Il cédait toujours, dit Choiseul. « Je crois que je suis le seul exemple qui ait eu l'avantage de donner au Roi la force de refuser pendant trois semaines à son ministre ce qu'il ne voulait pas accorder. »

« On a cru dans le monde que j'avais pris de mauvais moyens pour satisfaire mon ambition. » Le monde est méchant. Ce n'est pas ça du tout. N'en parlons plus, maintenant ; en voilà assez. « Je pensais que l'ambassade de Rome n'était pas un emploi au-dessus de ce que je pouvais prétendre très raisonnablement et par conséquent que je n'avais pas d'explication à donner au public sur un événement qui me paraissait fort simple. »

Six pages des Mémoires pour ne pas s'expliquer. Et ces mots pour conclure, qui frôlent le déni psychanalytique : « Je dois répéter, car c'est la vérité même, que ma liaison avec madame de Pompadour, produite d'abord par le hasard, comme on l'a vu, n'a eu, ni dans le principe, ni même dans la suite, aucune vue d'ambition pour ma fortune. »

Une chose m'a fait penser qu'en effet monsieur de Choiseul avait un sentiment pour moi. Il aurait été furieux d'être trompé. On se moque bien que vous trompe une pour qui on ne sent rien.

Je sais, j'étais madame de Choiseul. Peut-être que sa vanité était seule à ne pas supporter l'idée qu'il fût cocu. La chose serait-elle restée ignorée de tous, peut-être il s'en serait moqué.

Il y en a un qui n'est pas content, c'est le pape. Apprenant la nomination de Choiseul, Benoît XIV écrit au cardinal-ministre de Tencin : « Nous avons l'âme pénétrée de douleur parce que Rome, dans l'état où elle est, n'a pas besoin d'un plus grand nombre de libertins.

Cependant, de peur du pire, nous ne disons mot. »

J'aimais le petit Lauzun comme le fils que je n'avais pas eu. Il venait dans mes appartements, de lui-même, et nous jouions au jeu de l'oie, à la cachette, à la main chaude. J'avais dix ans de plus que lui, à peine. C'était un enfant drôle et tendre, il disait des choses charmantes. Il m'appelait « petite tante », je pensais à ma sœur, à ses yeux agrandis quand le prêtre lui avait dit qu'était venue l'heure de mourir, et je trouvais mon sort doux, malgré tout.

Si alors monsieur de Choiseul entrait dans la pièce, tout changeait. L'enfant se jetait dans ses bras. Je n'existais plus. Et je ne voyais plus que la ressemblance entre eux, évidente.

Choiseul ne part pas sur-le-champ. Il met un an à s'y résoudre. Une année qu'il emploie « aux préparatifs de l'ambassade ». Vaste mot que le mot préparatifs. Il y a ces adieux à faire, ces « dédommagements bien séduisants » et autres divertissements de « l'après-midi » avec qui il faut rompre sans rien casser. Il y a le roi, l'étrange bonhomme. « Comme le Roi n'est pas susceptible du sentiment d'aimer, il n'a pas plus de force pour soutenir son sentiment d'aversion. Peu de temps après son retour de Fontaine-bleau, il m'admit dans son intimité ; il eut l'air d'oublier les sujets de mécontentement qu'il croyait avoir eus de moi et il me traita d'une manière à m'étonner jusques à mon départ pour Rome. »

On se souvient de l'indifférence de Choiseul aux humeurs du roi. Le revirement souverain fait pourtant son effet. Le nouvel ambassadeur ne laisse pas d'en être surpris.

Il fait aussi la connaissance de ses supérieurs, s'il s'en connaît. Ceux-là, il ne lui faut pas un an pour les apprécier. Le ministre des Affaires étrangères a changé. « Monsieur de Saint-Contest mourut cette année et fut remplacé par monsieur Rouillé. Le premier était dénué absolument de talents pour le ministère, mais il avait été élevé par son père qui avait des connais-sances politiques. Il avait voulu s'instruire ; du moins marquait-il, quand on lui parlait, avoir quelques notions. Pour monsieur Rouillé, il n'en avait aucunes sur cette partie ; il était trop vieux pour en acquérir et, quoique personnellement je l'aimasse fort, je dois convenir qu'il était de la dernière absurdité et du plus grand ridicule de l'avoir fait ministre des Affaires étrangères. Monsieur de Saint-Contest avait pour premier commis un monsieur de La Chapelle, qui était un imbécile, aussi paresseux que son ministre, de sorte que la politique du bureau était de ne rien faire. Monsieur Rouillé, en arrivant, reprit pour commis l'abbé de La Ville, qui ne sait écrire que des lieux communs, de sorte que le ministère politique du Roi était infiniment moins sujet à inconvénients quand monsieur de Saint-Contest, qui ne faisait rien, le dirigeait, que lorsque monsieur Rouillé, qui voulait faire, en fut ministre. [...] Je ménageai l'amitié de monsieur Rouillé et négligeai ses instructions. »

Une fois j'eus l'impression d'être oubliée — une première fois de compter pour rien. Ce fut l'hiver 53, quand madame de Saint-E.D. prit dans l'esprit de monsieur de Choiseul non plus la première place, seulement, mais toute la place.

J'eus deux ou trois mots d'amertume. Je croyais encore, à l'époque, que lui parler de mon chagrin pourrait instruire monsieur de Choiseul et le faire revoir sa façon de vivre.

Je lui dis ma douleur. Une autre m'était préférée. Il fut très froid : « Je pourrais ne regarder plus que des chambrières, vous ne sauriez rien. »

Mais je savais, outre cette madame de Saint-E.D., outre toutes les autres qui l'avaient précédée à cette place de maîtresse en titre*, qu'aucune chambrière ne lui était indifférente. Je savais que les miennes étaient toutes siennes. Je le savais à leur* façon d'être avec moi, avec dans l'œil une petite phrase qu'elles brûlaient de dire, et si j'avais un reproche à leur faire, aux lèvres un sourire de défi — à leur façon aussi d'être avec lui : ni plus ni moins l'inverse, une angoisse à sa vue, une humilité semblables à ma terreur et à ma soumission.

IX

Madame de Choiseul doit aller mieux, on part. On souffle trois jours à Turin. On en prend trois autres pour se faire présenter à la Cour de Parme : la duchesse, Madame Infante, est la fille aînée de Louis XV.

On est à Rome le 5 novembre 54. Pour y découvrir quoi ? Qu'on n'a rien à y faire. Ça changera, mais pour l'heure, c'est la routine. Des faveurs à demander pour les ecclésiastiques, des protections pour les couvents : rien qui puisse « occuper sérieusement un homme raisonnable ».

Diable. L'ennui menace. L'Ennemi avec un grand E.

Choiseul résiste. Il s'assigne à lui-même « des objets d'occupation plus étendus ». Il bûche. Comme à Paris il étudie, l'histoire, la politique, l'histoire politique des grands pays d'Europe. Et il travaille ses relations. Il s'étudie « infiniment, dès les premiers jours et continûment », à se rapprocher de tous ceux qui ont du poids à Rome.

Je voulais qu'il me trouve belle, mais sans pour autant sentir sur moi son regard, son terrible regard de chasseur. Je voulais lui plaire, non voir, comme il me regardait, sa mâchoire et ses doigts jouer ; l'attirer, mais pas jusqu'à lire sur ses lèvres la résolution de me réveiller au milieu de la nuit.

Enfin j'aurais voulu être sa sœur, je veux dire liée à lui, indéfectiblement, sans plus ; et non à la façon brutale et précaire dont les époux sont liés.

Bien sûr je souhaitais qu'il m'aime, je le désirais de toute mon âme, mais pas comme un pur-sang, pas comme un loup ; pas comme un dresseur de haute école ; pas en propriétaire ; pas en protecteur ; pas comme un savant aime une enfant, un Don Juan une oiselle ; pas comme un roi aime sa quinzième maîtresse d'être sa quinzième maîtresse ; pas comme un oncle glorieux aime une sienne nièce pauvre ; pas comme un général désargenté aime la fille riche grâce à qui il aura des uniformes cousus d'or, et tant pis si elle est boiteuse.

Et pourtant c'est lui que j'aimais, nul autre, lui qui m'aimait de toutes ces façons, d'aucune autre.

Choiseul comprend très vite comment s'y prendre à Rome. « Je recherchai avec le plus grand soin l'amitié du secrétaire d'État, le cardinal Valenti. L'aversion qu'il avait pour mon prédécesseur était un titre pour être bien avec lui. Au bout de deux mois que je fus à Rome, je trouvai le secret de me lier avec quelques-uns de ses amis intimes et de lui faire parvenir que je n'aimais pas ses ennemis. Rome a un avantage très particulier : c'est que dans très peu de temps un homme de représentation, sans se donner aucune peine que celle d'écouter, est instruit des secrets de toute la ville. Cela est bien simple : l'État romain est gouverné par des ecclésiastiques, la plupart étrangers à Rome ; le premier principe de l'ambition ecclésiastique est l'envie ; le second est la destruction maligne de ses concurrents, ce qui produit [...] l'indiscrétion générale de toutes les familles. L'amitié avec laquelle me traitait le cardinal Valenti faisait faire des spéculations sur le crédit que je pouvais avoir, et cette opinion de crédit me mit en état de connaître tous les personnages qui composaient la Cour romaine. »

Tous les soirs, au coucher, j'avais peur qu'il ne fît tôt ou tard irruption dans ma chambre. Mais je redoutais plus encore qu'il n'y vînt pas.

S'il venait, mon corps se figeait. J'étais muette, il me faisait mal. Mais s'il ne venait pas, alors c'est

tout le reste de mon être qui se glaçait, m'empêchant
de fermer l'œil de la nuit.

Choiseul est bientôt dans l'intimité de Valenti. Lequel, sans doute, s'en serait gardé comme de la peste s'il avait pu lire le portrait fait de lui par son protégé. « Le cardinal Valenti n'avait pas des principes bien sûrs en morale ; il n'avait pas non plus des connaissances ecclésiastiques assez étendues pour être le premier ministre d'un pape ; mais il suppléait, par un tour d'esprit agréable, de la noblesse dans l'élocution, de la finesse dans les affaires, par le ton et le tact de la bonne compagnie, à tout ce qui lui manquait d'ailleurs. Ses vices dominants étaient la gourmandise et la paresse ; ces deux vices se tiennent assez communément ensemble. Je parvins à une liaison assez intime avec lui, non seulement par la voie de ses amis, mais surtout parce que, toutes les fois que je le voyais dans les commencements, je lui disais que je n'avais aucune affaire à lui ; il s'accoutuma par ce moyen à me voir sans inquiétude, et successivement j'acquis sa confiance. »

Cependant Choiseul se lie avec Rotta, le prélat secrétaire du chiffre et « premier commis des affaires étrangères à Rome », autrement dit l'homme qui compte. « Quand un ministre est aussi paresseux que l'était le cardinal Valenti, l'on est sûr du succès de toutes les affaires courantes que l'on a à traiter avec lui lorsque l'on peut compter sur la bonne volonté de son premier commis. »

Du reste Valenti, comme Rotta, n'est qu'un commis. C'est l'oreille du grand patron que veut Choiseul. « Ma liaison avec Valenti et avec ses amis ne me donna aucune distraction sur le désir que j'avais de plaire au Pape. »

À Rome enfin j'eus l'impression d'être madame de Choiseul, et non plus la petite Crozat. J'étais fêtée comme la femme de l'ambassadeur de France, au lieu que d'être regardée comme une fille épousée pour son bien.

Nous logions au palais Cesarini, lequel est à peu près de la taille de l'hôtel Crozat. Le meuble y était beau, monsieur de Choiseul le voulut magnifique. On trouvait à Rome quantité d'œuvres de grands peintres, des artisans et des courtiers habiles ; et les marchands prirent bientôt le chemin de notre maison.

J'avais beaucoup d'amitié pour monsieur de Fonscolombe, notre secrétaire d'ambassade. Il était fort considéré parmi les diplomates, ayant été, à trente-trois ans, en poste à Varsovie, à Dresde et à Turin déjà.

L'abbé Barthélemy avait ses appartements au palais Cesarini. Nous nous connaissions de longue date. C'était un homme aussi savant qu'aimable, grand connaisseur de l'Antiquité grecque et latine, à qui monsieur de Gontaut avait fait avoir la charge de garde des médailles du Roi. Sachant qu'il allait partir ambassadeur, monsieur de Choiseul lui fit obtenir, à son tour, une mission de recherche à Rome. Tout le monde était enchanté de l'abbé, qui causait avec tant de gaieté le soir qu'on en oubliait le labeur à quoi il s'astreignait le jour. Pour moi, bien que j'eusse vingt ans de moins, je me liai de ce moment avec lui d'une amitié qui n'a pas varié. Dieu sait dans quelle prison peut se trouver aujourd'hui mon grand ami, s'il est en vie.

Le cercle de nos proches avait changé, par force ; mais j'étais bien loin de m'en plaindre. Je rencontrai à Rome monsieur de La Condamine, qui connaissait la botanique et l'Amérique, parlant parfois de la première comme d'un continent et de la seconde comme d'une fleur ou d'un arbre ; le bailli de Solar, qui représentait l'ordre de Malte auprès du Saint-Père, et qui malgré cette fonction, somme toute modeste, se trouva être une des rares personnes au monde pour qui monsieur de Choiseul avait du respect ; le baron de Gleichen, représentant quant à lui de la margrave de Bayreuth. Ce dernier n'avait que deux ans de plus que moi — j'en avais dix-sept à mon arrivée à Rome — et il allait rester toute sa vie de ceux dont l'attachement me fut cher.

Le pape a soixante-dix-neuf ans, Choiseul trente-quatre. Portrait de l'un par l'autre : « Benoît XIV était un homme de beaucoup d'esprit, qui n'était jamais sorti de l'État romain, où il avait commencé par être avocat. Il n'avait aucune connaissance de la politique ; il avait un grand respect pour les princes en général, une volonté suivie d'en être considéré et estimé. [...] Dans toutes les matières de doctrine et de théologie, le Pape croyait être un Père de l'Église et se regardait comme infiniment supérieur en lumière à tous ses ministres, et nommément au cardinal Valenti [...]. Le cardinal Valenti, qui regardait le Pape comme un docteur en théologie et qui lui répétait sans cesse que ce qu'il avait de mieux à faire était d'éviter de se mêler des affaires des princes, se moquait de moi quand il me voyait mettre autant d'attention à captiver les suffrages du Pape. Je savais et voyais que le Pape n'aimait point son ministre ; je me ménageais entre les deux, de manière que l'un et l'autre fussent contents de ma conduite. »

Une maison nouvelle, des amis nouveaux ; un changement complet : j'avais l'impression d'être au tout début de mon mariage.

Monsieur de Choiseul m'associait à ses fonctions. Nous fûmes présentés ensemble à tout ce qui comptait à Rome. Nous recevions de concert au palais Cesarini. Un soir où lui et moi revenions en voiture d'une promenade à la villa d'Este, je lui dis un mot de la joie que j'avais de le savoir à moi, à présent. Il ne put s'empêcher de rire. Il y avait dix phrases dans ce rire : Vous êtes un amour, surtout ne changez pas, On vous presserait sur le nez qu'il en sortirait du lait, Tenez, je vous aime beaucoup... Et je compris que l'on m'avait trompée du premier jour de mon séjour à Rome, comme on l'avait fait des premiers jours de mon mariage.

Tous les signes m'en apparurent clairs, à l'instant. J'avais tant rêvé d'une vie nouvelle, depuis la nomination de monsieur de Choiseul à Rome, qu'une fois dans la Ville, le lieu, les nouveaux visages et probablement une incapacité assez risible à imaginer la souffrance infinie m'avaient fait croire mon rêve devenu réalité. À Paris, me disais-je, il n'avait pas été en mon pouvoir de fille de quinze ans de détourner un homme fait d'habitudes de vie, d'attachements anciens ; mais l'éloignement de la capitale l'éloignerait aussi de la dissipation, et le ramènerait à moi.

J'entends encore ce rire. Je ne sais ce dont je souffris le plus, de découvrir ma méprise et ma naïveté,

ou d'être regardée par l'homme de ma vie comme
une sotte de dix ans et idéale épouse.

Tout va donc pour le mieux quand le cardinal Valenti est frappé d'une attaque qui le laisse à moitié paralysé. Choiseul est aux cent coups. Il a déjà des ennemis dans Rome. Qui va remplacer Valenti ? Le mieux serait que personne ne le remplace. « Mon intérêt était que le Pape ne fît pas de choix tant que le cardinal Valenti respirerait, et que le cardinal, quoique paralytique, restât dans le palais et laissât faire les affaires sous son nom au prélat Rotta. »

L'ambassadeur demande audience au pape, et sans attendre s'en va voir le paralytique. « Je le trouvai aussi affaibli au moral qu'au physique, dans la plus grande dévotion, faisant des actes publics de contrition et entouré de crucifix et de Jésuites. Quoiqu'il parût désirer de remettre sa place et de quitter le palais, les Jésuites, qui n'avaient pas eu le temps d'arranger leurs batteries sur le choix du successeur, avaient prévenu mes désirs en insinuant au cardinal qu'il manquerait à ce qu'il devait à Dieu et au Saint-Siège si, étant encore en état de donner des conseils, il abandonnait une place aussi essentielle que la sienne. J'appuyai de toutes mes forces l'avis des Jésuites. »

Suit l'audience avec le Saint-Père. Choiseul comprend, très ennuyé, que Benoît XIV n'est pas fâché de changer de premier ministre. Il joue le tout pour le tout. « Je dis au Pape que je venais de voir le cardinal, dont l'accident m'avait infiniment affligé, mais qu'il m'avait paru que sa paralysie n'avait pas du tout affecté sa tête ; [...] qu'au surplus, j'avais toujours entendu dire que ce qu'il y avait de plus avantageux pour la vie dans ces sortes d'accidents était que l'humeur se jetât sur une partie et la paralysât ; que, si cela était vrai, j'étais persuadé que, la tête du cardinal n'ayant pas été affectée par la paralysie, il serait plus en état qu'auparavant de servir Sa Sainteté. Le Pape s'impatientait de mes raisonnements et me répétait qu'il n'avait jamais entendu dire qu'il fallait être paralytique pour être meilleur ministre. »

Choiseul tient bon, mais il trouve un autre argument. « Si j'étais pape, dit-il, et que j'eusse les talents de Benoît XIV, j'irais voir dans l'après-dîner le cardinal Valenti ; je le consolerais sur sa situation, je l'engagerais à conserver ses places et son logement dans le palais. Je ne serais pas embarrassé, à la place du Pape, de faire les affaires politiques avec le prélat Rotta, d'autant moins qu'elles seraient bien faites et que toute l'Europe jugerait, par la manière dont je me conduirais avec mon ministre, que j'ai autant d'humanité et de bonté que j'ai peu de besoin d'un secrétaire d'État. »

Et cette fois, ça marche. « Le Pape prit l'habitude d'aller tous les soirs passer une heure chez le cardinal Valenti ; le cardinal conservait l'apparence d'être à la tête des affaires ; le Pape, le goût de les décider ; Rotta [...] le crédit de les faire réellement, et moi, au milieu de ces trois personnes, l'avantage d'influer l'un par l'autre sur tout ce que faisait la Cour de Rome. Cet état dura près d'un an et demi. »

X

Dans les débuts de notre vie à Rome, monsieur de Choiseul n'avait été reçu qu'en audience privée par le Pape. Il devait, pour être reçu officiellement, avoir fait son entrée dans la Ville. Il voulait la faire avec faste, et les préparatifs de la cérémonie prirent plusieurs mois.

L'entrée officielle eut lieu en deux temps, à la fin de mars, l'entrée de campagne le 28, et quelques jours plus tard l'audience publique du Saint-Père.

L'entrée de campagne simulait l'arrivée de France. Le carrosse du secrétaire d'État avait été envoyé à la rencontre du nouvel ambassadeur, qui y prit place, en habit de voyage. Suivaient une centaine de voitures où se trouvaient prélats et princes, et qui roulèrent en cortège jusqu'au palais Cesarini, sous les acclamations de la foule.

Pour l'audience, il n'était plus question de tenue de voyage. L'habit de ce jour-là, monsieur de Choiseul l'avait voulu inoubliable, le plus beau qu'on eût jamais vu à un ambassadeur à Rome. Il était fond d'argent rebrodé d'or, avec un chapeau surhaussé de plumes, et garni d'un gros bouton de diamant.

Le cortège fut féerique, jusqu'au palais du Quirinal. Le carrosse de corps, où se tenait monsieur de Choiseul, était précédé de quarante laquais en vestes écarlates galonnées d'argent à la Bourgogne, et de six coureurs en vestes de damas jonquille brodées d'argent. Tout ceci semble un rêve, vu de notre cellule. Mais j'ai chaque détail en mémoire, les couleurs si longtemps discutées, la texture des tissus, certains mats, les autres brillants, et jusqu'à la lumière de printemps et à la chaleur, déjà grosse. Les huit pages entourant le grand carrosse étaient en habit de velours jonquille et vestes de drap d'argent à fond cramoisi. Dix Suisses marchaient à côté. Suivaient l'écuyer de monsieur de Choiseul, monté sur un cheval d'Espagne recouvert d'une housse brodée d'or, et quinze à vingt autres carrosses remplis d'éminences et d'excellences.

Il fallut plus d'une heure pour arriver au Quirinal, où nous attendaient Sa Sainteté et tout ce qu'il y avait à Rome de noble et de puissant.

Ma robe était entièrement rebrodée d'or, elle aussi. Je me faisais l'effet d'être une reine. J'avais du mal à retenir mes larmes. Car je ne pouvais m'empêcher de penser qu'il y aurait dans les salons du Quirinal, parmi la foule des invités du Saint-Père, une ou deux, peut-être trois dames — comment savoir ? —, toutes inconnues de moi, qui se présenteraient on ne peut plus aimablement et que je saluerais comme les

*autres, avec la grâce et l'affabilité requises, et un mot
personnel à chacune qui la ferait rire des mois.*

Mais voilà qu'il arrive du travail à l'ambassadeur. La querelle s'est aggravée en France entre
jansénistes et ultramontains. Elle dure depuis
1713 et la bulle *Unigenitus* par quoi le pape
Clément XI condamnait le jansénisme. Plus les
ans ont passé, plus l'application de la bulle est
devenue mesquine. La question des billets de
confession la porte à un degré de rigueur proche
de l'inquisition. L'archevêque de Paris a imaginé
de faire refuser l'absolution aux mourants si les
malheureux ne pouvaient produire un billet de
confession certifiant leur obéissance à la bulle
antijanséniste. Les parlementaires parisiens s'en
sont mêlés, trop contents de s'opposer à un
clergé ultramontain *grosso modo* soutenu par Versailles.

Bien sûr Benoît XIV est informé de l'affaire.
« Les évêques constitutionnaires [1] écrivaient
journellement au Pape ; ils avaient des émis-
saires à Rome ; ils auraient voulu mettre non
seulement le royaume de France, mais la chré-
tienté en combustion pour l'honneur de cette
bulle. »

1. Partisans de la constitution *Unigenitus*.

Le Saint-Père se garde bien de jeter de l'huile sur le feu en réaffirmant l'autorité de la bulle. « Il avait été secrétaire du concile de Latran et me racontait toutes les friponneries qui s'étaient passées dans cette assemblée pour y faire admettre la bulle *Unigenitus* comme règle de foi. Il s'étonnait quelquefois avec moi que des matières sur la grâce, incompréhensibles par elles-mêmes, occasionnassent du trouble dans un royaume aussi éclairé que la France, tandis, disait-il, que ces matières n'étaient bonnes à disputer que dans les écoles théologiques. »

Un jour j'eus l'âge, le bel âge, où était morte Antoinette-Eustachie. J'eus bien du mal à me lever. La tête me tournait, de plus en plus au fur et à mesure que tournait l'heure. Au dîner, la vue de monsieur de Choiseul me fit horreur. J'entrai dans la salle à manger, je le vis, je dus ressortir. J'allai m'étendre, et je fis mine de dormir quand il vint prendre des nouvelles.

Il ne fut pas dupe, nul doute, mais il ne dit mot. Bien lui en prit ; s'il m'avait parlé je lui aurais dit : Allez-vous-en ! Je l'aurais crié.

Choiseul n'a pas de mots assez durs pour les ultramontains fanatiques. « Ces évêques n'avaient aucun talent personnel ; leur seul mérite, qui en est un, mais qui n'est pas tout pour l'épiscopat, était d'avoir des mœurs assez bien réglées. Les prêtres sots et ambitieux ressemblent beaucoup aux femmes qui se croient tout permis, même de rendre leurs maris malheureux, quand elles n'ont point d'amants. »

Mais les grands responsables sont les jésuites. Ils ont inspiré la bulle *Unigenitus*. Ils encouragent les évêques et les prêtres antijansénistes. « Je prédisais au Pape que, si par un bonheur inattendu il ne se trouvait plus en France d'opposants à la bulle *Unigenitus,* les Jésuites inventeraient un autre sujet de controverse pour former deux partis dans le royaume et avoir des ennemis à combattre et des aveugles prosélytes à gouverner ; car les Jésuites ne veulent pas être comme les Capucins un simple ordre religieux ; il faut qu'en France ils intriguent, fassent du bruit, gouvernent le Roi, la famille royale, les évêques, et enfin, quelque malheur qui puisse arriver au royaume, ils croient avoir besoin de gouverner un parti dans l'État pour conserver de la célébrité et alimenter la vanité de leur ordre. »

Il n'avait point de religion. Il n'en parlait jamais. Dans la forme il observait exactement les décences. Mais un jour il me dit — un jour où il me provoquait ; il aimait bousculer les certitudes, et ma sérénité en particulier ; Dieu sait qu'elle était fragile, pourtant ! Dieu le savait, il le savait aussi, mais il aimait me voir émue — il dit que Dieu n'était qu'une chimère. Je dis que Dieu était notre commencement et notre fin.

« À voir vos yeux qui partent de côté, sourit-il, on jurerait que vous ne faites cette profession que pour vous en convaincre vous-même. »

Il lisait les pensées. La nuit, le drap en boule dans la bouche pour que les mots ne sortent pas, je criais contre Dieu qui permettait que le mariage fût une torture.

Venait le jour, et il me faut bien dire que je ne pouvais me lever, remercier, me laisser poudrer, habiller, que soutenue par les règles de vie inspirées de l'Imitation de Jésus-Christ. Ces règles seules, dans leur implacable rigueur : on ne se plaint pas ; tout est grâce ; est-on au désespoir, on se fie à Dieu. Ces règles et nul secours, nulle consolation.

En avril 1755 s'ouvre en France une assemblée du clergé chargée de trouver une issue à l'affaire des billets de confession. Car les choses se sont envenimées. L'archevêque de Paris a été trop loin. « Son système d'oppression et d'inquisition fut divulgué et combattu par les tribunaux séculiers. Le prélat se crut soutenu par la Cour ; il mit de l'acharnement au soutien de sa volonté. On lui tendit des panneaux dans lesquels il tomba, ainsi que doit tomber un homme entêté et qui n'a pas assez de lumières pour combiner sa marche avec les circonstances. Il refusait de donner les sacrements ; le parlement les faisait donner de sa propre autorité. Il interdisait les prêtres qui se prêtaient aux vues des magistrats ; le parlement décrétait et bannissait les curés et les prêtres qui, par les ordres de l'archevêque, refusaient les sacrements. La confusion devint extrême et la Cour, selon sa louable coutume, pour se tirer d'embarras et avoir un moment de paix, exila l'archevêque de Paris pour avoir l'air de ne pas soutenir un trouble qu'elle-même avait autorisé et pour le punir d'avoir été assez imbécile de compter sur le soutien du Roi et de la faible famille royale. »

L'assemblée est houleuse. L'archevêque de Paris et seize des évêques soutiennent qu'on ne peut accorder l'extrême-onction à un janséniste — « les uns de bonne foi, par pure ignorance et instigation jésuitique, les autres par esprit d'intrigue et pour se faire valoir auprès de la famille royale ».

Mais le grand aumônier du roi et seize autres prélats sont d'un avis contraire ; « de sorte que l'assemblée remit au Roi deux opinions diffé-rentes sur une question qui occasionnait des troubles dans le royaume. »

Et le roi ne trouve pas mieux que suggérer aux deux partis de demander son arbitrage au pape. « Jusques à ce moment, d'après mes instruc-tions, je n'avais été occupé qu'à empêcher la cour de Rome de se mêler de nos disputes ecclésiastiques ; j'étais obligé tout d'un coup de changer de langage en lui demandant de les décider. »

Ces querelles en France me navraient. Qu'au nom de Dieu, entre chrétiens, on se vouât autant de haine, que des catholiques empêchassent des catho-liques de mourir en paix, tout ceci me semblait à mille lieues de ce que Notre-Seigneur était venu mon-trer aux hommes. Et je L'imaginais pleurant sur son Église comme il avait pleuré sur son ami Lazare, mort.

Ces considérations faisaient rire monsieur de Choiseul. Lui s'amusait, enfin.

Choiseul a une idée. Au lieu de charger le pape de départager le clergé de France, il sug-gère qu'on lui demande « une bulle qui contînt l'explication claire de son sentiment sur les obligations qu'imposait la bulle *Unigenitus* et de faire en sorte que cette nouvelle bulle anéantît la première ; de sorte que ce ne serait plus une décision du Pape sur des articles proposés par notre clergé, mais l'opinion du pape Benoît XIV sur la bulle de Clément XI ».

Benoît XIV accepte. « Naturellement [il] aimait mieux faire un ouvrage d'après lui-même que de donner une décision sur l'ouvrage des autres [1]. »

D'après lui-même, certes ; mais autant que possible sous le contrôle de Choiseul. « Comme il est d'usage pour ces sortes d'ouvrages que le Pape consulte des cardinaux, je fis en sorte que le Pape prît pour consulteurs les cardinaux que je lui désignai. Ceux que je proposais étaient sages, instruits [...]. Je fis promettre au Pape qu'il ne ferait attention à aucun des mémoires qui lui seraient envoyés de France. »

Choiseul, enfin, obtient de Benoît XIV l'engagement qu'il ne rendra pas sa bulle publique avant de l'avoir fait lire à Versailles, et d'avoir pris en compte les royales observations.

Il joue serré. Car sa position personnelle au Vatican s'est brutalement détériorée. L'été 56, le

1. La belle époque que ce siècle des Lumières, où il va de soi qu'il est plus drôle et plus sérieux de trouver le nord en soi-même plutôt que dans la somme des opinions ambiantes.

cardinal Valenti est allé aux eaux de Viterbe. « Il n'avait pas pu contenir sa gourmandise ; une nouvelle attaque le fit périr. Il ne revint pas à Rome. »

Choiseul supplie le pape de le consulter sur le choix du successeur de Valenti. Le Saint-Père promet — c'est Choiseul qui raconte — mais il ne tient pas sa parole. « J'appris qu'il destinait la place de secrétaire d'État au cardinal Archinto. Cette nouvelle me causa de l'inquiétude. Je travaillais depuis plus de six mois avec le Pape et son secrétaire des chiffres Rotta à une affaire très essentielle ; je craignais qu'un nouveau secrétaire d'État ne voulût au moins mettre du sien dans cette affaire et par conséquent en retarder la conclusion. D'ailleurs, j'avais eu une discussion personnelle avec le cardinal Archinto, pendant qu'il était gouverneur de Rome, que j'avais pris avec beaucoup de hauteur et qui me faisait craindre de sa part des oppositions dans toutes les affaires qui m'intéresseraient. »

Pris avec beaucoup de hauteur, c'est le moins qu'on puisse dire. Dans sa *discussion personnelle* avec Archinto, Choiseul a bafoué le cardinal, il l'a menacé physiquement.

La discussion a eu lieu l'année précédente. Archinto était gouverneur de la ville. Choiseul, juste arrivé à Rome, avait découvert un ancien usage tombé en désuétude. Quelques années plus tôt, dans tous les théâtres de Rome, la loge centrale était réservée au gouverneur, celle à côté, à droite, à l'ambassadeur de France, et les loges suivantes aux autres diplomates. Mais les dames romaines, revendiquant les meilleures loges, avaient obtenu qu'on en finît avec ces privilèges.

Choiseul était allé trouver le pape et lui avait réclamé sa loge, menaçant, si on la lui refusait, de retourner en France. Benoît XIV avait cédé. Alors Choiseul — fallait-il qu'il s'ennuyât, qu'il manquât d'ennemis et d'occasions de s'échauffer le sang — avait exigé, tant qu'à faire, la loge centrale pour l'ambassadeur de France, celle qui traditionnellement allait au gouverneur. Archinto avait fait savoir qu'il reprendrait sa loge par la force, s'il le fallait ; et Choiseul, en réponse, si le cardinal prétendait occuper la place centrale, qu'il le ferait jeter par ses gens dans le parterre. Le cardinal avait calé. Depuis un an, Choiseul se pavanait dans sa loge.

Et voilà ce même cardinal-gouverneur nommé premier ministre. Allez, dans ces conditions, tenir la main du pape pour qu'il rédige comme il faut un document sur quoi se joue votre carrière...

Choiseul bondit chez le Saint-Père. Il y va sans doute un peu fort, car cette fois Benoît XIV se fâche tout rouge. « Il se mit dans une colère qui me fit craindre pour sa vie. J'eus beau vouloir l'apaiser par les meilleures raisons, j'eus

113

beau tâcher de lui faire entendre que je ne lui demandais pas de changer son choix, mais de le différer de quinze jours, le torrent était lâché ; rien ne put l'arrêter. Je m'échauffai aussi de mon côté et je ne sais pas ce qui serait arrivé si heureusement le Pape, dans sa colère, après m'avoir reproché que je le contrariais, que je voulais tout gouverner, ne s'**était** levé de son siège et ne m'avait dit de me mettre à sa place et de faire les fonctions de Pape, puisque j'en avais envie. Je ne pus pas m'empêcher de rire à cette proposition ; il rit aussi ; je lui représentai en riant que je croyais qu'il était plus à propos que nous restassions chacun à notre place et que nous en fissions les fonctions avec plus de modération. Il en convint, mais il persista toujours à vouloir nommer dans le moment son secrétaire d'État. »

Choiseul sauve les meubles. « Je lui demandai si le cardinal Archinto était prévenu par lui de son élévation au ministère. Il m'assura que non. Alors je le priai de me donner le billet par lequel il lui marquerait qu'il le faisait son ministre et la permission d'aller le lui porter en sortant de son audience. Le Pape, enchanté d'être débarrassé de mon opposition, ne fit aucune difficulté à ma demande. Il me donna le billet ; je le portai au cardinal Archinto, à qui réellement j'appris la grâce du Pape. Je le liai ainsi par la reconnaissance et je soutins dans Rome par cette démarche l'opinion de mon crédit. »

XI

Notre palais Cesarini était devenu l'endroit le plus gai de Rome. Tout y était l'occasion d'une fête, un envoyé de la Cour de France, ou d'une autre, le passage à Rome d'un astrologue égyptien, la Saint-Étienne ou la Saint-François, la Saint-Louis, la Saint-Honoré, la pleine lune, que sais-je… S'il n'y avait pas d'occasion, nous recevions quand même. Nous étions toujours vingt à dîner, quarante à souper.

Monsieur de Choiseul avait le goût le plus sûr. Il acheta d'admirables peintures. Il aimait de longtemps l'école flamande ; à Rome, il se passionna pour l'école italienne. Il encourageait aussi les talents nouveaux. Monsieur Robert [1] lui doit beaucoup. Monsieur de Choiseul avait fait sa connaissance à Paris, alors qu'il n'avait pas vingt ans. Il l'emmena en Italie et le fit entrer à l'Académie de France, où il paya pour lui la pension de cuisinier. Il ne voulut rien accepter de lui en cadeau, mais lui acheta ses tableaux et en fit acheter à ses amis.

1. Plus connu aujourd'hui sous le nom d'Hubert Robert.

À Rome encore, il soutint, de même, monsieur Greuze et monsieur Fragonard, et aussi des sculpteurs, monsieur Boucher, monsieur Guiard.

(Quand nous quittâmes Rome, monsieur Robert y demeura. Il travaillait en Italie plus et mieux qu'en France. Monsieur de Choiseul ne lui retira pas sa protection. En 1759 ou 60 — nous étions revenus de Vienne — il obtint pour monsieur Robert une place de pensionnaire à l'Académie, avec une pension du Roi. Et quand cette pension vint à son terme, trois années plus tard, comme monsieur Robert souhaitait rester en Italie, monsieur de Choiseul lui offrit d'y passer trois ans encore, sur sa cassette.)

Pour moi, j'aimais les Vierges de l'école de Sienne. Monsieur de Choiseul m'en donna une, petite, un peu triste, qui me toucha infiniment et que j'ai toujours eue depuis dans ma chambre à coucher, jusqu'à mon arrestation.

J'eus des camées de toute beauté. Madame de Pompadour en eut aussi, et des diamants, des opales. Monsieur de Choiseul lui écrivait beaucoup, et en recevait de nombreuses lettres. Il me montra certains de ces courriers. Il y était question tantôt de la grâce et du jansénisme, tantôt de pierres de prix, tantôt du ruban bleu du Saint-Esprit, que l'on était fâché d'attendre à Rome, et tantôt de la bulle papale, dont on trouvait aussi à Versailles qu'elle tardait, tantôt de cinquante mille livres de la part du Roi, en dédommagement des frais de représentation. Dédommagement sans rapport avec le train de vie que nous menions à

Rome, et que monsieur de Choiseul fit partir en un
soir, en un feu d'artifice inoubliable.

Le pape met des mois à rédiger sa bulle. Le
texte en est envoyé à Versailles. À la Cour, on
le lit de près. On préfère une lettre encyclique à
une bulle.

Va pour une encyclique. « Il y eut encore un
nouvel envoi avec des changements. Tout fut
adopté par le Pape et, après une année de travail,
la lettre encyclique fut adressée en forme au Roi,
ainsi qu'elle a été imprimée à l'Imprimerie
royale. »

Choiseul n'est qu'à moitié content. Il a mené
sa tâche à bien. Mais il aurait voulu plus de fermeté dans la condamnation des ultramontains,
et plus de bienveillance pour les jansénistes. Or
les billets de confession sont supprimés, mais
l'encyclique n'abolit pas la bulle *Unigenitus,* et
maintient que sont réfractaires « tous ceux qui,
au moment de recevoir le saint viatique, profes-
sent spontanément leur désobéissance personnelle et persévérante à l'égard de la bulle ».

Monsieur de Choiseul eut l'envie de demander à
monsieur Greuze de faire mon portrait. Je le priai

d'y renoncer. Il comprit, ou ne comprit pas, enfin il insista et je m'inclinai.

Je tremblais à l'idée que l'on verrait dans ce portrait les défauts et les manques qui faisaient que jamais je ne serais à la hauteur du destin où m'entraînait mon mariage : cette timidité dont je n'arrivais pas à me défaire, ce désir fou de disparaître dès qu'il fallait paraître, cette stupidité qui m'embrumait l'esprit quand je devais briller...

Et j'avais raison, tout y est. Greuze a bien saisi son modèle. J'ai l'air d'une pouliche juste comme elle va s'enfuir. J'ai le cou tendu à se rompre, le nez pincé, les lèvres blanches. On voit que j'ai pleuré.

Déjà Choiseul s'ennuie. Les hostilités ont repris en Europe. La France et l'Angleterre se sont déclaré la guerre le 1er janvier 1756. L'Angleterre a reçu le soutien de la Prusse — alliée jusque-là de la France. Du coup la France a fait alliance avec l'Autriche. Le 1er mai 56 a été signé le premier traité de Versailles, grand œuvre de Bernis [1] : les alliances sont renversées, la France et l'Autriche liguées, dans l'esprit des

---

1. Bernis qui n'est encore ni cardinal ni ministre. L'abbé-comte, actif depuis longtemps dans l'ombre de la Pompadour, entre au Conseil du roi le 2 janvier 1757 comme ministre sans portefeuille ; il deviendra ministre des Affaires étrangères le 20 juin 1757, et cardinal en octobre 1758.

Français, contre les visées anglaises sur le continent, et dans celui des Autrichiens contre l'expansionnisme de Frédéric de Prusse.

En août 56, Frédéric a fait savoir ce qu'il pensait de cette alliance : il est entré en Saxe, sans se soucier de déclarer la guerre. Déclaration ou pas, la guerre dont on ignore encore qu'elle sera de Sept Ans a commencé.

Et, en décembre 56, madame de Pompadour a pressenti Choiseul pour le poste considérable d'ambassadeur à Vienne.

Choiseul ne se voit plus guère d'avenir à Rome. « J'avais demandé un congé pour aller en France. Trois motifs m'avaient déterminé à faire cette demande. Je sentais qu'il n'y avait plus rien à faire à Rome sous un Pape très vieux et qui pouvait mourir d'un moment à l'autre, ce qui me forcerait à rester à Rome pendant un conclave et m'éloignerait de servir à la guerre [...]. Mon second motif était de voir par moi-même comment la Cour soutiendrait la décision du Pape, que je regardais comme un chef-d'œuvre parce que j'en avais été entièrement occupé pendant un an [...]. Enfin j'étais instruit exactement par Madame Infante et madame de Pompadour des négociations du Roi avec la Cour de Vienne, et l'une et l'autre me pressaient de me rendre à Versailles pour aller ambassadeur à Vienne, de sorte que je calculais que je ne quittais rien en quittant Rome et que je choisirais à

Versailles ce qui me serait le plus utile, ou de servir à l'armée, si la guerre de terre avait lieu, ou d'aller à Vienne comme ambassadeur. »

Ce qui me *serait le plus utile...* Choiseul ne s'est pas laissé contaminer par la circonvolution jésuite.

Il fait ses malles quand le pape attrape une pleurésie. Il reste à Rome. Ça l'ennuie bien, mais enfin, il sait vivre. On prépare officieusement le conclave. Toutes les cours d'Europe ont leur candidat. Les intrigues vont fort. Choiseul envoie à son ministre une typologie des cardinaux, classés en catégories toutes politiques

« Cardinaux qu'il serait utile au Roi qu'ils fussent élus à la Papauté,

— Cardinaux indifférents, et plutôt meilleurs que mauvais,

— Cardinaux à exclure absolument du pontificat,

— Cardinaux plus mauvais que bons pour le pontificat,

— Cardinaux utiles pour être Secrétaires d'État,

— Cardinaux à empêcher absolument d'être Secrétaires d'État,

— Cardinaux indifférents. »

Le pape est entre la vie et la mort plus d'un mois. Outre le conclave, les Romains préparent le carnaval, qui commence en janvier chez eux. Choiseul écrit à madame de Pompadour :

« Aujourd'hui, les nouvelles étant incertaines, on travaille à la fois pour les deux genres de spectacle. »

Le carnaval s'ouvre d'abord. Le pape va mieux. C'est alors, à la mi-janvier 57, que l'on apprend à Rome l'attentat de Damiens contre Louis XV. Les jours du roi ne sont pas menacés, Choiseul le sait en même temps qu'il apprend l'attentat. Qu'importe, il quitte Rome sur-le-champ et arrive à Versailles en février.

Je fus heureuse de rentrer. Le petit Lauzun me manquait. Nous n'avions toujours pas d'enfants. Monsieur de Choiseul m'attirait contre lui : « Je ne vous ai pas épousée pour ça. » (C'était un homme imprévisible, au point que ses mouvements de tendresse me prenaient toujours de court, me trouvant gauche, pétrifiée, enfin semblant les avoir en horreur.)

Mais je savais qu'il eût été heureux d'avoir un fils. Un fils, il l'aurait pris à cheval avec lui dans la vie, serré devant lui, dans son bras, il lui aurait appris à galoper à grandes guides, à éviter comme la peste la mesquinerie et à préférer son sort à tout autre, quel qu'il fût.

XII

À Versailles, c'est la panique. Croyant le roi
ramené à la vertu par la peur de la mort et la
crainte de Dieu, les ennemis de la Pompadour se
sont réjouis de sa disgrâce un peu vite. Revenu
en fait à la vie et à ses anciennes amours, le roi se
débarrasse d'eux. *Exit* le garde des Sceaux,
Machault d'Arnouville, *exit* le ministre de la
Guerre, d'Argenson.

« Le roi Louis XV a exercé plus que tous les
rois de sa branche le courage du renvoi
ministériel ; car je crois qu'il a renvoyé plus de
soixante ministres. Son grand-père, dans près de
soixante ans de règne, depuis la mort du cardinal Mazarin n'en a renvoyé que trois […]. Il
est dans l'ordre de la nature qu'un roi se dégoûte
de son ministre ; il est simple que ce dégoût
naisse de la légèreté, de l'imbécillité du
Monarque, ou de l'impulsion d'un prêtre, d'une
catin ou d'un valet qui auront du crédit sur son
esprit ; mais en même temps il me paraît qu'il y

a de la démence de changer les principes de l'administration parce que l'on change l'administrateur [...]. Le roi d'Angleterre peut avoir, comme un autre, une fille de mauvaise vie pour maîtresse [...] ; cette fille pourra acquérir dès les premiers moments le plus grand ascendant sur son imbécile amant ; si elle parvenait à composer son ministère des espèces les plus décriées en tout genre des trois royaumes, les lois, les forces d'Angleterre, la sûreté, la liberté et la propriété de chaque individu anglais n'en seraient pas moins à l'abri de la sottise et de la méchanceté du Roi, de la maîtresse et des ministres ; de sorte que le roi d'Angleterre a l'avantage de pouvoir s'avilir, se déshonorer, sans que la puissance et la nation anglaise perdent de son lustre.

« En vérité je ne crois pas qu'on jouisse du même avantage en France. »

À Paris, j'appris que monsieur de Gontaut et son fils avaient quitté l'hôtel Crozat. Mon beau-frère était remarié.

Le petit Lauzun ne vivrait plus sous notre toit. J'en fus comme folle, plusieurs jours. J'aurais voulu l'élever tout à fait — je veux dire l'avoir tout à moi — jusqu'à faire croire à monsieur de Choiseul que j'étais sa mère — vous me comprenez : que c'était notre fils.

Ça n'aurait pas été si loin de la vérité. En tout état de cause, je n'étais pas moins la mère de cet enfant que monsieur de Gontaut, qui l'avait, n'était son père.

Il faut le reconnaître à Choiseul, lui qui ne prend pas grand-chose au sérieux, il ne plaisante pas avec l'intérêt du royaume. « Les principes politiques ne sont autres que le juste intérêt national, soutenu par la bonne foi » : voilà son credo, à ce libre penseur. Qu'on y manque, il souffre en son âme.

« Je crois que jamais Conseil n'a été plus ridicule que celui du Roi après le renvoi de messieurs d'Argenson et de Machault.

« Quand j'arrivai de Rome au mois de février, je trouvai monsieur Rouillé ministre des Affaires étrangères. Tout le monde a connu son imbécillité. Monsieur de Saint-Florentin, depuis duc de La Vrillière, avait pour département la Cour, Paris et toutes les provinces du royaume. Celui-là joint au passif des talents un grand actif de friponnerie, de méchanceté basse et sourde. [...] Monsieur de Paulmy remplaçait monsieur d'Argenson, son oncle, dans le ministère de la Guerre ; rien de plus chétif en esprit, en figure, en maintien, en talents ; il est fait précisément pour recevoir les coups de pied d'une parade ;

enfin monsieur de Moras [...] réunit les deux départements de la Finance et de la Marine, comme ils avaient été réunis sous monsieur Colbert. Ce monsieur de Moras ressemblait parfaitement à une grosse pièce de bœuf et n'avait pas plus d'idée, plus de combinaison dans la tête qu'elle ne peut en avoir. J'ai demandé souvent à madame de Pompadour qui l'avait pu engager à faire des choix aussi risibles ; elle m'a répondu fort naturellement que, dans cette occasion, elle était pressée de faire renvoyer monsieur d'Argenson et que, comme il est fort aisé d'engager le Roi à se défaire d'un ministre parce que c'est faire du mal à quelqu'un [...], mais qu'il était difficile de le déterminer pour le remplacement, puisque ce serait faire du bien à quelqu'un, pour que l'expulsion de ceux dont elle voulait se défaire ne traînât pas, elle avait proposé de remplacer par ceux qui étaient déjà dans le ministère du Roi. Je fis observer alors à madame de Pompadour que cette raison pouvait être bonne pour elle ; mais que, dans cette occasion, au commencement d'une guerre effrayante par l'étendue de toutes les branches, elle n'était pas avantageuse à l'État. »

Au fond il tenait à moi ni plus ni moins qu'il eût tenu à une enfant, s'il en avait eu une. Il n'avait

rien à me reprocher, il était plutôt satisfait de moi.
Mais enfin sa vie, ses passions étaient ailleurs.
Eussé-je disparu, il n'en aurait pas été affecté huit
jours. Il avait grand besoin de mon argent, mais de
moi, pas le moindre.

Tout de même, il y a Bernis, au Conseil du
roi. Sans portefeuille, il est vrai, pour l'instant,
mais grand ami de madame de Pompadour [1] et
l'homme fort du gouvernement.

Bernis est pour l'envoi à Vienne, comme
ambassadeur, d'un Choiseul dont on sait les
liens de famille avec les ducs de Lorraine, et
donc avec la maison d'Autriche. Rouillé, parce
qu'il désapprouve l'alliance de Versailles et de
Vienne, est contre. Mais ce ne sont pas eux qui
décident. Fin mars, madame de Pompadour
peut écrire à Choiseul : « N'importe, mon cher
comte, vous êtes nommé. Voilà tout ce que je
voulais pour le bien de la chose et pour vous. Je
suis bien aise que le Roi ait dit à votre amie que
c'était elle qui l'avait fait changer d'avis. Cela est
honnête et doit être vrai car je ne m'imagine pas
que monsieur de Rouillé ait été fort chaud. [...]
Bonjour, monsieur l'ambassadeur à Vienne. »

Vienne avec qui, le 1er mai, Versailles signe le

---

1. La favorite surnomme Bernis son « pigeon pattu ».

second traité. Le premier était défensif. Le second est bien différent. « Je savais la négociation du traité secret ; [...] je ne laissais pas d'être inquiet qu'une besogne aussi vaste fût confiée à une tête aussi enivrée que l'était celle de l'abbé de Bernis. [...] Quelques jours après la signature, je fus à Crécy avec madame de Pompadour et une partie du ministère ; ce fut en arrivant que l'abbé de Bernis et le maréchal de Belleisle me dirent chez madame de Pompadour qu'ils avaient apporté le traité pour m'en donner connaissance. Ils me le remirent, en me priant de le lire pendant les deux jours que nous restions à Crécy [...]. Je n'ai jamais vu personne aussi enthousiaste de son ouvrage que l'abbé de Bernis me le parut ; il avait l'air de me dire en me remettant ses papiers : "Allez, vous conviendrez, quand vous aurez lu, que je suis le plus grand homme en politique qui ait jamais existé." Le maréchal de Belleisle applaudissait, en frappant de sa canne, à toutes les louanges que l'abbé de Bernis se donnait en frappant de sa main sur son ventre ; madame de Pompadour me faisait signe que j'étais bien heureux d'être l'instrument dont se servaient de si grands ministres, et moi, avec l'air humble et bête, je répondais : "Je vous dirai ce que j'en pense quand je l'aurai lu."

« Je passai la nuit à lire ce traité. Quel fut mon étonnement de voir tous les moyens que l'on avait entassés les uns sur les autres dans cette pièce ! Il y en avait d'impossibles, d'autres étaient contradictoires ; mais ce qui était le plus sensible était comment la France était sacrifiée dans tous les points pour une illusion. Il paraissait que ce traité, immense par le nombre d'engagements, n'avait d'objet réel que le sacrifice de presque toute l'Europe à l'agrandissement de la maison d'Autriche. De bonne foi je crus ou que je rêvais, ou qu'il y avait un mystère politique dont je n'étais pas instruit qui occasionnait les idées révoltantes qui me saisissaient à chaque article que je lisais. Je faisais d'ailleurs des réflexions très tristes sur mon ambassade ; je voyais que le ministère était la dupe en entier de celui de Vienne, et je me sentais de la répugnance à être l'ambassadeur de la duperie. »

En effet, la France s'est engagée à se battre aux côtés des Impériaux aussi longtemps que l'Autriche n'aura pas retrouvé sa Silésie et son intégrité. Elle met dans la balance une armée de cent cinq mille hommes, sans compter six mille soldats allemands, qu'elle prend en charge.

Quand la paix sera faite — quand bien sûr la coalition aura gagné — Madame Infante obtiendra de l'Autriche, en échange de Parme, de Plaisance et de Guastalla, un joli bout de Flandre et le Luxembourg.

Il voulait tout, le jeu, la chasse (ce n'est pas de vénerie que je parle) et, les mains jointes joliment sur le bas-ventre, une sage petite épouse. Il était très content de moi, et quelquefois j'ai trouvé là suffisamment pour être heureuse.

Mais voilà, en 57, Frédéric de Prusse se défend comme un diable. Il est en Saxe, il est en Silésie. La coalition austro-française s'est agrandie de la Russie d'Élisabeth, les alliés gagnent ici et là, mais les Prussiens les écrasent à Rossbach, à Leuthen. Frédéric II reprend la Silésie.

L'hiver approche. Choiseul est arrivé à Vienne en août. Si le poste est superbe, c'est aussi un fichu guêpier. Deux fois, et sans plus de mandat la première que la seconde, le maréchal de Richelieu a négocié en secret la paix avec Frédéric II. Choiseul a eu du mal à convaincre Marie-Thérèse que c'était dans le dos de Louis XV. Lettre de lui, fin 57 : « Je prévois que tout ceci, si on ne le réforme, finira par être le déshonneur des deux cours alliées. Or je puis supporter tout, excepté d'être employé dans une besogne qui déshonorera mon maître et ma nation. Je n'ai pas passé de jours depuis que je suis ici où je n'aie maudit l'instant de faiblesse que j'ai eu d'accepter cette ambassade. »

À Vienne enfin monsieur de Choiseul put donner sa mesure. La mission était à sa taille.

Elle était redoutable. Il en savait tous les périls. Il prévoyait le pire : il pensait que la guerre serait perdue, et il n'était pas sûr que l'alliance y survécût. Il se mit pourtant sans réserve au travail.

Il avait l'habit de l'ambassadeur. Il écouta monsieur de Kaunitz [1], l'Empereur et l'Impératrice, madame de Pompadour, monsieur de Bernis, et les représentants des autres États engagés dans la guerre, la Suède au côté de la France, la Russie auprès de l'Autriche ; il tâcha de s'en faire entendre.

Avant son départ pour Vienne, il avait passé des semaines aux archives des Affaires étrangères, faisant ouvrir quantité de cartons que personne avant lui ne s'était donné la peine de lire. Il avait étudié en particulier la correspondance entre l'empereur Charles VI et le cardinal de Fleury, puis celle qui avait suivi entre monsieur de Kaunitz et madame de Pompadour, entre l'Impératrice et le roi Louis XV. Il voulait, disait-il, être informé de tout ce qui pouvait lui servir d'instruction et d'expérience.

À Vienne, il rédigea pour l'abbé de Bernis et le Roi des notes, des rapports dont les faits depuis lors ont confirmé les vues.

---

1. Chancelier de Marie-Thérèse, dirigeant notamment les Affaires étrangères. Choiseul dit « premier ministre de l'Impératrice ».

Il aurait bien voulu avoir aussi l'habit de maré-
chal. Les défaites du militaire lui faisaient souffrir
mille morts. Il s'exaspérait que l'on ne pensât qu'à
reprendre la Silésie quand le roi de Prusse était en
Saxe. Il proposa des plans de guerre fort loin de ceux
que l'on suivait. On ne l'écouta point.

Il se donna aussi à Vienne sans compter. Vienne est
femme, tout comme Rome. Cette femme prit des
visages qui me restèrent inconnus. Elle en eut un que
je ne pus pas ignorer, un visage fort, assez beau, avec
une bouche, un rire superbes.

Nous avions un palais encore plus grand qu'à
Rome, et des revenus très supérieurs. La princesse de
Kinsky eut des citronniers en hiver, des diamants et
des fêtes en toute saison. J'en eus aussi.

On sait, à Vienne, que Bernis, à Versailles, ne
songe plus maintenant qu'à la paix, quitte à
laisser la Silésie et la Saxe à la Prusse. On sait
aussi que la France se fait souffler l'un après
l'autre ses comptoirs et ses colonies par
l'Anglais ; et que toute l'affaire est ruineuse pour
le Trésor français.

Bernis à Choiseul, hiver 58 : « Tâchez de faire
sentir à monsieur de Kaunitz deux choses éga-
lement vraies : c'est que le Roi n'abandonnera
jamais l'Impératrice mais qu'il ne faut pas que le
Roi se perde avec elle. Nos fautes respectives ont

fait d'un grand projet [...] un casse-col et une faillite assurée. C'est un beau rêve qu'il serait fort dangereux de continuer. »

Le roi n'est pas content. Clermont, qui remplace Richelieu début 58, prenant son commandement lui écrit : « J'ai trouvé l'armée de Votre Majesté divisée en trois corps différents. Le premier est sur la terre. Il est composé de voleurs, de maraudeurs, tous gens déguenillés des pieds à la tête ; le second est sous terre et le troisième dans les hôpitaux. »

Le roi renvoie Paulmy, le secrétaire d'État à la Guerre. La marine française essuie revers sur revers. Le roi renvoie Moras, le secrétaire d'État à la Marine.

Et l'abbé de Bernis se décompose. Il n'a plus qu'une idée, toujours la même, la paix, la paix. Il l'écrit à l'ambassadeur à Vienne. La police impériale ouvre les lettres. Choiseul a l'air malin, lui qui certes est pour la paix, mais plus encore pour garder l'amitié de l'Autriche.

III

« Pair de France, chevalier de ses ordres, lieutenant général des armées de Sa Majesté, gouverneur de Touraine, grand maître et surintendant général des courriers, postes et relais de France, ministre et secrétaire d'État ayant le département des Affaires étrangères et la Guerre [1]. »

---

1. Lorsque Choiseul signe le Pacte de famille, avec les pleins pouvoirs donnés par le roi, il fait suivre son nom de cette liste.

XIII

Un jour de la fin août, alors que nous allions dîner, monsieur de Choiseul me prit les deux mains, les baisa et me dit : « Ma chère, vous êtes duchesse. » Le Roi avait érigé la terre de Stainville en duché héréditaire.

On me félicita. « On dirait que vous êtes contrariée », remarqua monsieur de Choiseul. Ce n'était pas ça. J'imaginais madame de Kinsky, qui était princesse et allait bien rire.

Duchesse. Je n'en dormis plus. Monsieur de Choiseul m'avait regardée jusque-là comme la petite Crozat faisant de son mieux la comtesse ; il me verrait encore plus petite et encore plus gauche en duchesse.

Madame du Deffand m'a parlé mille fois de l'usure dans le mariage, cette poussière du temps qui finit par en gripper le mouvement, comme elle peut bloquer les ailes d'un moulin. Je sais que cette usure existe — qui ne le sait ? Mais je ne l'ai jamais connue. Cette douleur-là du mariage du moins me

fut épargnée. Les années pouvaient bien passer, ma
peur de faire venir certain sourire aux lèvres de mon-
sieur de Choiseul ne passa jamais. Tout contribuait à
attiser cette terreur. Une marque d'honneur, comme
je viens de dire, et j'étais sûre de ne pas être à la hau-
teur, et je pâlissais, je cherchais mes mots : en effet
j'étais ridicule. De la difficulté à m'endormir un soir,
et la hantise d'être trouvée laide le lendemain
m'empêchait de fermer l'œil de la nuit.

Duchesse. À souper ce soir-là devaient être nos
hôtes un prince, une margrave, et je ne sais combien
de Grafen *et de* Gräfinen *dont aucun n'ignorait que*
j'étais issue de Salbigothon Crozat, de Toulouse,
cocher de son état. De maison, cocher de maison.

Je n'y pus tenir, à quatre heures je me couchai. On
ne me vit pas à souper. Loin d'en être apaisée, je ne
dormis pas, et le lendemain j'étais vraiment mal.

Je ne sais pas ce que comprit monsieur de Choi-
seul. Il comprenait tout — encore fallait-il qu'il
s'interrogeât.

Ce n'était pas la première fois que mon corps
esquivait ce qui effrayait trop mon âme. Le plus sou-
vent, je ne pouvais me lever le matin. J'étais pétri-
fiée. Une tristesse sans nom, pesant sur moi de tout
son long, m'empêchait de bouger fût-ce les paupières.
Je pleurais si l'on tirait les rideaux. On s'était
alarmé, au début. On avait fait demandes et
réponses. Et puis il s'était dit que j'étais de santé fra-
gile.

Ce n'était pas le cas. J'avais vingt ans et dans une

autre vie j'aurais travaillé la terre ou la pâte à pain
sans fatigue, je crois. Mais je laissais se dire que ma
santé était mauvaise, soulagée de savoir que je pour-
rais de temps en temps tirer ce drap-là sur ma tête et
tâcher désespérément dessous de me rendormir.

La coalition franco-autrichienne n'est pas plus
brillante début 58 que fin 57. Clermont recule.
La Pompadour pleure. Bernis se lamente :
« Nous n'avons ni généraux ni ministres. »

On remplace Clermont par Contades. Mais
les Prussiens se battent bec et ongles. Et ces
diables d'Anglais sont partout : prennent Saint-
Louis, au Sénégal, Louisbourg et Fort-
Duquesne au Canada ; menacent les Indes
françaises ; viennent même mettre leur nez
dans Cherbourg et dans Saint-Malo.

Bernis a de plus en plus mal au foie. La Pompadour s'énerve. Si les Affaires étrangères lui
nouent le ventre, on va les confier à, tenez, pourquoi pas à Choiseul ?

Mais oui, dit Bernis. Bonne idée. Nommez-
moi premier ministre, mettez Choiseul aux
Affaires étrangères ; nous travaillerons en bons
camarades.

Il détaille à Choiseul son petit plan : « Le Roi
a besoin de meubler son ministère de gens ner-
veux et bien intentionnés. Notre amie a besoin à

son tour d'y avoir des gens qui s'intéressent réellement à elle [...]. Votre retour ici doit être marqué ou pour conclure cette paix ou pour venir nous aider à soutenir une guerre malheureuse. Vous avez du courage et les événements ne vous font pas tant d'impression qu'à moi [...]. Nous agirons dans le plus grand concert et, Dieu merci, sans jalousie de métier. Nous assurerons le sort de notre amie, son bonheur et sa santé dépendent de l'état des affaires. Je vous embrasse comme le meilleur ami que j'aie au monde et comme le serviteur qui peut être le plus utile au Roi. »

Le 4 octobre, c'est au roi qu'écrit l'abbé-comte. En quelque sorte il se démet en faveur de Choiseul. Choiseul, personne d'autre. Choiseul, « le seul de ses ministres qui puisse, en dérogeant aux traités, conserver l'alliance avec la Cour de Vienne sans laisser aux puissances étrangères l'impression que le Roi abandonne son système politique ».

Si ce n'est pas un brevet de diplomatie...

Madame Obernai, ma femme de chambre, avait un neveu dans l'armée de monsieur de Soubise et me dit bien souvent, tirant les rideaux le matin : « Il gèle aujourd'hui ; nos soldats vont avoir les joues bleues. »

Je faisais demander si le chapelain pouvait dire la

messe à dix heures, mais déjà le coiffeur était à ma porte, le maître d'hôtel montait dire que le vin de Champagne était en retard, on m'apportait un pli de monsieur de Choiseul m'informant qu'il ne dînerait pas au palais et je ne pensais plus qu'à tâcher de savoir qui l'en empêchait.

Notre portier viennois, lui, avait un fils dans les rangs autrichiens qui eut une jambe arrachée au-dessus du genoux et revint chez lui un autre homme : dur et muré, lui qui avait été si bon vivant ; muet jour et nuit, brutalisant le feu, l'œil fixe, et si on lui parlait, méchant comme le gel. On lançait vers lui son petit garçon qui marchait à peine, les bras en balancier. Le père l'envoyait baller d'un coup de pied.

Je parle peu de la misère des pauvres gens. On s'en souciait, pourtant. On priait. On faisait prier. Il est vrai que je souffrais plus par madame de Kinsky que des maux endurés par nos soldats. Monsieur de Michaux a écrit là-dessus tout ce qu'on peut en dire, qui n'est ni glorieux ni gai : « Celui qui a une épingle dans l'œil, l'avenir de la marine anglaise ne l'intéresse plus [1]. »

Le roi accepte la démission de Bernis. Il a toujours du mal à supporter Choiseul, mais on n'en est plus là : il lui confie les Affaires étrangères.

1. Henri Michaux, *Plume*.

Il n'a pas dit à l'abbé-comte s'il le gardait ou non au Conseil. On est en octobre 58. Choiseul ne peut pas quitter Vienne illico. Bernis lui garde au chaud la place.

Sur les champs de bataille, c'est toujours la gadoue. Aucun camp n'est vraiment vainqueur. Les soldats meurent sans rien comprendre.

Et sur le front diplomatique, c'est le brouillard. Bernis pousse à la paix : « La France risque de perdre toutes ses colonies pour venger la querelle particulière de l'Impératrice. Je persiste à croire, Sire, que le plus grand coup d'État serait de faire la paix cet hiver et d'y faire consentir vos alliés. »

Le roi veut bien la paix, mais sans rompre l'alliance. Choiseul est pour l'alliance, à condition qu'on revoie les traités. À Vienne, avant de s'en aller, il voit l'impératrice, il voit Kaunitz tous les deux jours. Le 15 novembre, il prend congé.

À Versailles, Bernis n'a toujours aucune assurance. Le pape l'a créé cardinal. Mais côté Cour, on reste évasif.

L'abbé prend les devants. Il se charge lui-même de faire insérer un écho dans *La Gazette de France* : « Le Roi conserve au cardinal sa place dans le Conseil et l'intention de Sa Majesté est que le cardinal assiste dans le plus grand concert avec monsieur de Choiseul pour tout ce qui aura rapport aux Affaires étrangères. »

En décembre, enfin, le roi tranche. Un infime aller-retour de l'index : à Choiseul, le 10, la pairie ; à Bernis, le 13, une lettre de cachet le sommant « de [se] rendre dans une de [ses] abbayes à [son] choix d'ici deux fois vingt-quatre heures ».

Mes femmes avaient des enfants. Revenant dans la nuit, et comme je les réveillais pour qu'on me déshabille, je voyais souvent l'une d'elles se lever lourdement du fauteuil où elle m'avait attendue, et tituber, maladroite à trouver son équilibre. Je voyais son ventre et les mains qu'elle y posait, de chaque côté, doigts écartés, comme pour le remonter. Elle grimaçait. Encore un chiard. Et moi, je retenais : De qui est celui-là encore ? De qui ? Mais de qui donc ?

L'enfant naissait. Je donnais ce qu'il fallait. Il disparaissait. On l'avait mis quelque part en nourrice. On ne le voyait plus.

Le nouveau patron des Affaires étrangères ne perd pas un quart d'heure à se regarder dans la glace. On n'a que trop traîné, il veut aller vite. Il connaît ses dossiers sur le bout du doigt. En quelques semaines il obtient la révision des deux traités de 56 et 57. Début janvier, c'est chose faite.

La France ne doit plus à l'Autriche que vingt-quatre mille hommes. Elle lui allouera chaque année trois millions et demi de florins au lieu de sept. Elle maintient quand même une armée de cent mille hommes en Allemagne, et s'engage à ne pas conclure de paix séparée.

Gagner la guerre, c'est une autre histoire. Choiseul ne renâcle pas à la peine. Il s'est installé à Versailles, rue des Hôtels. Tous les jours, ou presque, il est reçu par le roi en audience. On le garde à souper souvent.

Son ministère doit être réorganisé de fond en comble. La pagaille et la gabegie le minent. Certains bureaux sont à Paris, d'autres à Versailles — les archives jaunissent au Vieux-Louvre.

Pour commencer, Choiseul obtient de faire construire deux hôtels à Versailles, l'un pour le ministère de la Guerre, l'autre pour la Marine et les Affaires étrangères. Il compte y regrouper tout son monde.

À la Guerre, il y a le vieux maréchal de Belleisle, à la Marine et aux Colonies, Berryer. Ça peut aller. Le difficile, c'est le roi. On sait ce que Choiseul en pense. Quant à ce que pense le roi, de son ministre, de la guerre, de la ligne à tenir, voilà ce que Choiseul aimerait éclaircir une fois pour toutes. Mais Louis XV est un être d'ombre. Jamais Choiseul ne sera sûr de pouvoir compter sur lui. Tous les jours il devra refaire sa conquête.

Je sus huit jours après notre retour que madame de Kinsky avait suivi monsieur de Choiseul en France. J'eus envie de dormir des mois. La princesse avait pris une maison à Paris, à deux cents mètres de la nôtre, et une autre à Versailles, en face de chez nous.

J'avais grandi, je ne dis rien. Monsieur de Choiseul ne dit rien non plus. Il avait pourtant bien dû voir que je m'étais repliée un peu plus. Repliée, dans tous les sens du mot : repliée en désordre, comme après une défaite, encore une ; repliée sur moi-même, comme on se racornit, rongé par le doute sur sa valeur, sur sa capacité à plaire, et bien plus, sur son être même.

Grandi… Vous avez raison, non, ce n'était pas là grandir.

XIV

L'année 59 est encore plus noire que les pré-
cédentes. Choiseul a pris en charge une situation
impossible. Il le savait. Mais voilà que sur tous
les fronts les choses s'aggravent. Les Anglais
l'emportent aux Indes. Ils déciment la marine
française. Ils s'emparent du Québec, prennent la
Guadeloupe.

Sur terre, en Allemagne, on avance, on recule.
En tout cas on ne gagne pas. Les généraux français se tirent dans les pattes. Et Frédéric tient
bon.

Il n'y a plus un sou en caisse. Les impôts rentrent mal. Les parlementaires ont repris la gué-
guerre, et les jansénistes du poil de la bête. Les
intrigues de cour torpillent toute politique un
peu suivie.

Choiseul n'est pas homme à se tordre les
mains, comme l'abbé-comte. Sa grande idée,
c'est d'affaiblir l'Anglais. Il imagine un débar-
quement en plusieurs points des côtes anglaises,

un blocus, la reconquête de la maîtrise des mers. On arme des escadres à Brest, au Havre, à Toulon. On concentre les régiments.

L'échec est complet. Les trois flottes françaises sont coulées avant d'avoir atteint l'Angleterre, au large du Portugal, de Man, de Belle-Isle. Soixante-trois bateaux sont envoyés par le fond.

Madame de Kinsky ne suffit pas, vint la marquise de Muy. La marquise ne suffit pas, vint la princesse de Robecq. On aurait pu en faire une chanson.

Madame de Pompadour s'y trompait. On me dit qu'elle recevait comme mari et femme monsieur de Choiseul et la princesse — la seconde.

Bien sûr que la marquise ne se trompait pas. Elle savait au jour le jour qui était aimé de monsieur de Choiseul.

Je rêvais, quelquefois. Je me trouvais à un bal, un concert. Monsieur de Choiseul passait près de moi, riant, causant, et malgré cela l'œil partout, comme à son habitude. Soudain, il m'aperçoit. Il marque le pas, me regarde. Fort, pour que je l'entende, il demande : « Qui donc est cette jolie femme ? »

On ne peut plus guère se battre que pour la paix.

Choiseul fait tâter le terrain côté Prusse, côté Angleterre. Voltaire propose sa médiation auprès de Frédéric de Prusse. On l'éconduit, diplomatiquement. Il restera lié aux Choiseul.

Fin 59, à La Haye, des négociations secrètes s'engagent. Tout le monde est favorable à la paix, mais personne ne veut la même. L'Angleterre entend bien se tailler la part du lion outremer. L'Autriche, avant de déposer les armes, veut voir Frédéric au tapis.

Les négociations traînent tout 1760. Elles n'aboutiront pas.

Lettre de Choiseul à Voltaire, le 20 décembre 59 : « Je vais me consoler de l'ambition, de l'animosité, de la cruauté, de la fausseté des princes ; le cul de ma maîtresse me fait oublier tous ces objets et augmente mon mépris pour les grandes actions des personnages qui ont de pareils défauts. »

Souffrir m'enseigna à aimer. Connaître la souffrance conduit tout naturellement à vouloir l'épargner aux autres. Je parle des femmes. Un homme mortifié souvent ne songe plus qu'à faire souffrir à d'autres ce qu'il a connu. Une femme, non, il me semble.

J'aimais tout le monde autour de moi, hormis monsieur de Choiseul. On va trouver la chose extravagante. Pourquoi pas lui aussi ? C'est tout simple : parce que j'avais pour lui de la passion. Cette passion ne fut jamais comblée de sorte que jamais elle ne s'atténua pour faire place, ainsi qu'il est courant, à un sentiment tendre assez près de l'amour. Et qu'est-ce donc qu'aimer ? dira-t-on. Je propose : vouloir le bien d'autrui sans penser à son propre intérêt. C'est peu dire que j'étais intéressée par monsieur de Choiseul ; je le voulais passionnément à moi. Comment aurais-je pu l'aimer ?

Aimer est doux et rend paisible. Avoir de la passion est atroce, et ne laisse pas de répit. J'aimais les maîtresses de monsieur de Choiseul. J'aimais son fils, cet enfant qu'il avait eu de ma sœur. Plus tard j'aimai madame de Lauzun, sa femme, je veillai sur elle ainsi que j'aurais fait pour ma fille. J'aimais madame du Deffand, qui en avait si fort besoin et ne savait pas ce qu'aimer veut dire. Et tâcher d'être bonne à tous ceux-là me rendit heureuse.

Monsieur de Choiseul, qui m'occupa l'esprit, je dois dire, beaucoup plus que l'ensemble de ces personnes, me rendit malheureuse autant qu'il est possible. Il est celui au monde dont je fus le plus occupée et le seul que, sans doute, je n'aimai jamais. Je comprenais qu'il fût occupé, lui, de sa gloire et de son plaisir. J'admis qu'il préférât sa fantaisie à moi. Je voulais de toute mon âme qu'il fût aussi heureux que possible, mais je ne pus jamais vouloir que ce fût sans moi.

Le ministre des Affaires étrangères titube sous les soucis. Choiseul, lui, mène la belle vie. C'est étonnant, cet homme, comme les difficultés le dopent. Plus la tâche est dure, et lourde la responsabilité, plus il jubile, plus il brille. Ce qui le tue, c'est l'inaction. Il en mourra. Mais n'anticipons pas.

Je crois que j'ai tout compliqué, tout à l'heure. Peut-être que je n'aimais pas monsieur de Choiseul, mais je l'adorais.

Pour un homme de pouvoir, c'est un homme de pouvoir. Sa place est là, au charbon (enfin, à la direction de la mine). Et l'on voit bien comment ce bûcheur-jouisseur peut apparaître, selon l'heure, comme un grand patron incapable de supporter la plus bénigne insuffisance, ou comme un viveur plein de bienveillance pour l'hédonisme le plus ordinaire.

Barbier, le chroniqueur, écrit : « Il est méchant, très haut, très fier » (ajoutant « ce qui n'est pas trop convenable à un ministre des

Affaires étrangères » : on voudrait voir un ministre des Affaires étrangères gentil, très doux, très humble...). Gleichen, le baron, l'ami romain de la petite duchesse, entre-temps installé à Paris, est, lui, sous le charme : « Le duc de Choiseul était d'une taille assez petite, plus robuste que svelte et d'une laideur fort agréable. Ses petits yeux brillaient d'esprit, son nez au vent lui donnait un air plaisant et ses grosses lèvres riantes annonçaient la gaieté de ses propos. Bon, noble, franc, généreux, galant, magnifique, libéral, fier, audacieux, bouillant et emporté même, il rappelait l'idée des anciens chevaliers français, mais il joignait aussi à ces qualités plusieurs défauts de sa nation : il était léger, indiscret, présomptueux, libertin, prodigue, pétulant et avantageux.

« Jamais je n'ai connu un homme qui ait su comme lui répandre dans son entourage la joie et le contentement. Quand il entrait dans un salon, il fouillait dans ses poches et semblait en tirer une abondance intarissable de plaisanteries et de gaieté. »

Je ne crois pas que l'on puisse être plus mariée que je ne fus et moins mariée à la fois. Absolument mariée, je le fus par la mort, par cette promesse de mariage que la mort me fit répéter mot à mot après elle, ses doigts blêmes de dix-neuf ans serrant mon poignet de dix ans à me faire hurler. Je le fus par la violence, quelques mois plus tard, la violence sourde, aveugle et bête du corps mû par celle, froide et spectatrice, de l'esprit ; celle-ci me parut alors moins cruelle, mais je sais maintenant qu'elle est pire, elle qui souille tout en confondant tout, le mariage et le viol, la dévotion et le ricanement, la tendresse et le haut-le-cœur. Mariée autant qu'on peut l'être, je le fus surtout, et sans trêve, par l'absolue absence de liberté qui marqua ma relation à cet homme : désir, terreur, honte, fascination, ma lucidité put bien s'aiguiser avec l'âge, je fus toujours tenue par monsieur de Choiseul.

Mais aussi peu mariée que possible, je le fus tout autant. Monsieur mon époux ne se voulut jamais obligé à rien, ni devant Dieu ni envers moi, pas plus qu'envers le Roi, les pauvres ni quiconque, mort non plus que vivant. Il tenait à sa liberté plus qu'à lui-même. Et ce qui me fit le plus mal, il ne voulait pas me savoir non plus d'obligation. J'avais le cœur gros de l'entendre. J'étais liée à lui que j'aimais. Il me déliait. Que signifie être lié à qui professe qu'on se doit de vivre délié ? Il ne voulait pas de mon attachement. Toute ma vie j'en suis restée à ce qu'il appelait l'ancestrale butée des femmes, j'ai entendu : il ne veut pas de moi.

Ce n'est pas d'aujourd'hui qu'en bout de course, les grands animaux politiques se départagent en fonction de leur aptitude à vivre sans sommeil, ou presque. Choiseul est increvable.

Plus il a d'argent, plus il en dépense. Jeux, surprises, fêtes, musique. Cadeaux, cadeaux en masse, et de grand prix, sommes folles allouées à qui lui plaît. S'il vit à Versailles, il est à Paris tout le temps, l'ubiquiste.

L'hôtel Crozat a été célèbre, déjà, pour la collection qu'y avait amassée le frère du « gros Crozat », Pierre, « Crozat le jeune ». Quatre cents tableaux, aujourd'hui dans les grands musées du monde, dix-neuf mille dessins, des sculptures, des céramiques, des objets d'art de toutes sortes. Collection dispersée à la mort du collectionneur, en 1740, à l'exception d'un lot de peintures échu aux du Châtel.

Choiseul avait épousé, donc, un solide embryon de collection. À Rome, il l'a fait croître, à Vienne embellir. Maintenant que c'est l'opulence, il achète en grand : des toiles des grands maîtres du passé — il a toujours la passion des Flamands —, des œuvres de contemporains, des meubles d'ébénistes en renom. Toutes choses à présent au Louvre, à l'Ermitage, à la National Gallery à Londres, au MET à New York, chez les Rothschild…

J'ai souvent réfléchi à cette idée de liberté qui lui était si chère — peut-être en raison du peu de cas, pour ma part, que j'en faisais ; seuls mes attachements m'importaient ; à l'amant, le mot liberté semble appartenir à une langue étrangère, pour ne pas dire étrange.

J'ai tant pensé à cette supposée liberté que j'ai fini par ne plus lui trouver grand sens. Monsieur de Choiseul se voulait absolument libre. Libre d'esprit ? Il aura pensé contre le grand nombre, avec la fine fleur de sa génération. Penser par soi-même ne veut rien dire, ou presque. Libre de ses actes ? Au comble du pouvoir il n'aura fait que biaiser, tergiverser, composer. Libre d'aimer ? Il n'aura guère aimé, je le crains. Libre d'être lui-même ? Mais qui fut muselé comme lui ? humilié comme lui ? Au fond il n'aura pas même été libre de se vouloir libre : il y avait là, au cœur de ce qu'il croyait être sa volonté, quelque chose de bien plus fort que lui.

Et moi qui ne voulais pas de la liberté, je l'eus malgré moi. On m'y contraignit. Et dans cette liberté obligée, je sus ce qu'elle était. La seule véritable liberté est la conscience des rets qui nous tiennent.

L'autre, l'idée d'être libre, d'agir libre, de penser par soi-même, que sais-je, l'autre est une chimère masculine.

XV

La paix s'est embourbée. La guerre s'éternise. Les alliés la font chacun pour soi, de même que chacun voulait la paix à son idée. La France se bat contre les princes allemands, l'Autriche contre Frédéric de Prusse, appuyée par une Russie qui a surtout à cœur de s'annexer la Pologne au passage. Tantôt ça va pour les alliés, tantôt ça ne va plus. De Broglie écrase Brunswick à Corbach. Mais il ne trouve rien de mieux, là-dessus, que se chamailler avec l'autre commandant en chef, Saint-Germain. Et Saint-Germain passe aux Danois. Les Autrichiens battent les Prussiens à Landshut, et puis se font battre à Liegnitz. Ils entrent dans Berlin, mais Frédéric prend sa revanche à Torgau. Il est toujours le maître de la Saxe et de la Silésie.

Entre la France et l'Angleterre, c'est beaucoup plus net : l'Angleterre marque tous les points. Elle balaie des Indes les Français. Elle les met dehors au Canada. « Pour les fourrures, écrit Choiseul à une amie, cet hiver, je vous avertis, c'est en Angleterre qu'il faut vous adresser. »

Car Choiseul n'aime plus la guerre. Ça l'amusait de la faire sur le terrain. L'excitation du petit jour — grand beau frais, on se bat l'été, les galops à cheval entre les balles, la chance, le plaisir que c'est de vivre ! Oui. Cette faim, cette faim qu'on a quand enfin on peut se mettre sous la dent un bout de viande, entre deux bouts de pain. Oui. Oui, le soir, l'odeur du feu dans le couchant — de la poudre et des feux de bois. La fatigue, la bienheureuse : on dort comme nulle part ailleurs, à la guerre. Oui à la guerre si on y est, si c'est au soleil, si on gagne.

Mais la guerre du sommet de l'appareil d'État, non. Les cartes piquées, repiquées, jusqu'à être illisibles, par les petits drapeaux marquant les positions des uns et des autres ; les ronds de jambe diplomatiques — ronds tortueux de vieilles jambes de messieurs maigres —, le royal et mol attentisme, les caprices favoris, les grands chefs à couteaux tirés, non. Non à la guerre de loin. Surtout si c'est pour perdre.

Je ne dis pas que les hommes ont tort de porter leur regard au-delà de leur femme, de leur maison et de leur terre. Il y a de la grandeur à s'intéresser à la gloire de son pays, au bien de son peuple, plus encore aux horizons inconnus ou à l'avenir de l'humanité.

Je ne dis pas non plus que les femmes ont tort quand elles vouent leur vie à un être entre tous, faisant de lui leur monde, leur océan, leur futur, et se refusant à le comparer à qui que ce soit. Aimer, c'est peut-être tout simplement cesser de comparer. Et il y a quelque chose de divin dans cette sacralisation d'un être qui ne le méritait pas plus qu'un autre, ni moins, si l'on croit que tout homme est sacré.

Mais il se mêle à ce goût des hommes pour les horizons vastes et pour les ciels nouveaux tant d'insatisfaction de son lot, de sa propre personne et de son vis-à-vis, quel qu'il soit, tant de refus de ses limites et de volonté de puissance, tant de haine de la réalité, tant d'enfantillage, en un mot…

Et il y a dans le penchant des femmes pour la fidélité un souci de sécurité, un refus de s'aventurer et un désir de posséder — ses clés, son jardin, son époux — qui s'apparente à un refus non moins enfantin de perdre, de manquer, en un mot de la mort.

Il est vrai que les hommes ont moins peur de la mort. Faut-il les en louer ? Faut-il blâmer les femmes de trouver la vie suffisante ?

Mon Dieu, que tout ceci est difficile. J'ai fini par penser platement qu'il n'est pas mauvais que les hommes soient ce qu'ils sont, et les femmes ce qu'elles sont. Je n'irai pas jusqu'à dire que c'est bon : la différence entre les façons d'être des uns et des autres est cause de trop grands déchirements.

Et Choiseul doit encore se battre à l'intérieur. Là aussi, c'est la guerre. Un monsieur de La Vauguyon, gouverneur des Enfants de France, autrement dit des fils du dauphin, un proche, donc, de Monsieur, a le duc dans le nez. Qui monte l'autre, dans l'histoire, du gouverneur ou du dauphin, on ne sait. Car Monsieur, lui non plus, ne peut sentir Choiseul.

Monsieur est dévot, Choiseul libertin. Monsieur est dans les mains des jésuites. Choiseul préfère les mains de femmes.

Quant à La Vauguyon, il a commis un mémoire politique, anonyme, dont Choiseul, sans en connaître l'auteur, a dit que c'était un tissu d'âneries et que son signataire ferait mieux « de ne point perdre son temps au travail de la politique, sur laquelle il ne [...] paraissait pas avoir des notions bien justes, ni même des dispositions à en acquérir ».

Or monsieur de La Vauguyon a des ambitions. Il voudrait bien être ministre.

« Plus on est incapable d'un emploi auquel on prétend, plus on est offensé contre celui qui juge vos vues d'ambition absurdes. Monsieur de La Vauguyon, sans exhaler sa haine, me jura, au fond de son cœur, toute celle que la bonne opinion qu'il avait de lui-même et de ses espérances trompées pouvait enfanter. »

L'enfant n'est pas joli : un autre mémoire, non signé, lui non plus, que le dauphin remet au roi comme étant d'un parlementaire ; et qui détaille un prétendu complot dirigé par Choiseul contre la Société de Jésus.

Le pire est que le roi prend pour argent comptant ce que dit le mémoire. Le voilà tout soudain qui boude son ministre. La Pompadour aussi a un air de reproche. Choiseul ne comprend pas. Il essaie de faire parler la marquise. Allons, dit la belle, réfléchissez. Examinez si vous n'avez pas fait quelque chose qui aurait pu déplaire au roi.

« J'étais fort novice en examen de conscience, et je dirai, en passant, que cet examen est ce qui m'a le plus révolté dans cette tracasserie odieuse. »

Choiseul, néanmoins, se confesse. Si c'est à lui-même, il veut bien. Mais ne trouve à se reprocher que des broutilles.

Enfin on lui fait lire le mémoire. Il est furibond. D'autant plus, on s'en doute, qu'il ne porte pas les jésuites en son cœur, et a dû en dire cent fois pis que pendre. Mais de là à prendre la tête d'un complot ! À diriger l'action sabre au clair ! Lui ! C'est l'offenser que de le croire aussi naïf.

Il va trouver le roi, et lui tend deux papiers à signer : d'une main l'autorisation de porter l'affaire devant le parlement, que lumière soit faite ; de l'autre sa démission. « Le Roi prit les deux papiers ; il les déchira et me dit, avec une bonté apparente qui m'ébranla, qu'il ne voulait pas que je le quittasse. Je le remerciai de sa bonté ; je lui marquai [...] combien j'étais sensible au sentiment qu'il voulait bien me marquer. Effectivement je l'étais beaucoup plus que je ne devais l'être. Cependant je me refusais à l'espèce d'attendrissement que je me sentis. »

Choiseul veut que la vérité soit faite. Il veut confondre les calomniateurs.

Mais le roi doit savoir qui sont ces intrigants. Car il baisse la garde. « Il ajouta [...] qu'il ne pourrait pas souffrir que le nom de son fils fût compromis. Le Roi parlait d'une manière entrecoupée ; je ne le regardais pas ; il prit ma main et me dit qu'il désirait instamment que je lui fisse le sacrifice qu'il me demandait. Quand je sentis sa main, je levai les yeux sur lui et je vis les siens remplis de pleurs ; je pris sa main, la mouillai de mes larmes et m'écriai qu'il pouvait disposer de moi. »

Bien sûr, c'est Choiseul qui raconte. Il ne déteste pas se donner le beau rôle. Mais ces pleurs ! Chez le roi. Et chez notre sceptique... La chose est suffisamment peu plausible pour être véridique.

Du reste, Choiseul se reprend. « Nous fûmes quelque temps sans parler ; après quoi je lui fis observer qu'il fallait cependant faire quelque chose pour constater la vérité. »

Le roi ne veut pas d'un grand déballage devant le parlement. Il consent à une confrontation privée, entre des magistrats, des membres du Conseil, et ceux par qui est arrivé le brûlot.

Sans attendre Choiseul va trouver le dauphin. Quoi ! dit Monsieur, le roi vous a remis ce mémoire ? « Oui, Monsieur [...] ; il m'a même dit qu'il le tenait de Monsieur. »

Le dauphin le prend mal. Il demande à Choiseul de changer de ton. « "Monsieur, lui dis-je, on peut toujours parler haut quand on présente la vérité." Au mot de présenter, il me tourna le dos et j'ajoutai : "Monsieur, vous me quittez ; je dois encore vous dire que je puis avoir le malheur d'être votre sujet, mais que je ne serai jamais votre serviteur." »

Le roi donne tort à son fils. Il s'excuse auprès de Choiseul. Tout ceci en privé : on ne punit personne, on ne blâme personne ouvertement. Quand même.

Et Choiseul, faussement bonhomme, de feindre de conclure par une manière de morale sur « l'attention que l'on doit avoir, à la Cour, de connaître l'auteur d'un mémoire avant que d'en dire son sentiment ».

Et c'est le même, en pleine bagarre, entre deux passes d'armes, et bien avant d'être tiré d'affaire, qui écrit à Voltaire : « Je jure de bonne foi que je n'ai nulle ambition, mais en revanche que j'aime mon plaisir à la folie, je suis riche ; j'ai une très belle et très commode maison à Paris ; ma femme a beaucoup d'esprit ; ce qui est fort extraordinaire, elle ne me fait pas cocu ; ma famille et ma société me sont agréables infiniment ; j'aime à faire enrager d'Argental, à boire et à dire des folies jusqu'à quatre heures du matin avec monsieur de Richelieu [...]. On a dit que j'avais des maîtresses passables, je les trouve, moi, délicieuses [1]. »

Peut-être que la femme est multiple, et heureuse de s'unifier grâce à un être, un seul ; et que l'homme est simple, trop simple à son goût, et désireux de s'enrichir de la diversité qu'il trouve à connaître des femmes en nombre.

1. Lettre à Voltaire, 22 avril 1760.

XVI

Le complot de Monsieur contre Choiseul a plutôt renforcé la position du ministre. En tout cas, c'est ce qui paraît. De 60 à 62, le roi couvre son grand commis de marques de confiance (de charges, d'honneurs, d'or).

Choiseul est déjà duc et pair, grand bailli du pays des Vosges. Dans l'été 1760, il est nommé gouverneur de Touraine. Chaque province a son intendant, qui l'administre. Le gouverneur y est garant de l'ordre. En Touraine, où les temps sont calmes, la fonction est honorifique. Le gouverneur n'est pas tenu de résider dans sa province. Les revenus attachés à la charge ne sont du reste pas faramineux.

Autrement rémunératrice est la seconde charge attribuée à Choiseul en ce même été, celle de surintendant général des postes et relais. Sans compter que le « Grand Postier » a le privilège de lire les courriers ouverts par ordre du roi. Cela peut servir.

Et ce n'est pas tout. En janvier 1761 meurt le ministre de la Guerre, le vieux maréchal de Belleisle. Choiseul saute sur l'occasion. Rien, n'est-ce pas, n'est plus utile à celui qui pilote des négociations de paix que de diriger aussi le militaire. Louis XV se laisse convaincre. En février, Choiseul est ministre et des Affaires étrangères et de la Guerre.

En octobre il aura la Marine. Cette fois, ça fera beaucoup ; il déléguera les Affaires étrangères à son cousin, le dévoué Choiseul-Praslin. C'est à partir de là que, de fait, il fera fonction de premier ministre du royaume. En mars 62, il sera nommé colonel-général des Suisses et Grisons, charge elle aussi pleine d'intérêt.

Les quelques heures où il aurait pu dormir, à l'aube, il lisait. Ces mois-là, je le vis souvent, au lever, encore dans le ravissement d'un manuscrit considérable et qui le tenait comme un charme. « Comment dormir ? » me disait-il. Il était aux anges. « Il y a là trois mille pages, et toutes d'un esprit, d'une justesse et d'une férocité rares. »

C'étaient, si j'ai bien compris, les Mémoires d'un conseiller de monsieur le Régent, mort il y avait peu, du nom de Saint-Simon. Cet homme avait passé les vingt dernières années de sa vie à écrire, retiré sur ses terres et dans une solitude absolue. Sa femme et ses enfants n'étaient plus, et il avait laissé s'accumuler ses dettes, protégeant sa tranquillité en réglant le problème avec ses créanciers de son vivant : puisqu'il n'avait pas d'héritier, on se paierait sur son bien à sa mort ; on pourrait tout saisir, les terres, les fermes, le château, les meubles et la bibliothèque, qui était admirable.

Monsieur de Saint-Simon mourut. Les créanciers furent là le lendemain. Tout fut vendu, et pour commencer la bibliothèque.

Mais un différend se fit jour. Le défunt avait fait un testament, par lequel il léguait ses manuscrits à un sien cousin, évêque de Metz. Ces écrits n'étaient pas inconnus de tous. Le bruit courait depuis longtemps qu'ils étaient remarquables. Un libraire de Hollande en offrait cent mille livres. Bien sûr les créanciers disaient en être les propriétaires. L'évêque et cousin soutenait que non. Il finit par craindre de ne pas avoir gain de cause. Sans doute il tenait ces cahiers en estime, lui aussi, puisqu'il demanda à monsieur de Choiseul de bien vouloir les faire saisir, au nom du Roi.

Monsieur de Saint-Simon avait été en effet ministre et ambassadeur, et ses écrits intéressaient l'État.

Monsieur de Choiseul ne fut pas long à mesurer l'intérêt des Mémoires. Il n'en avait pas lu cent pages qu'il convainquit le Roi de la nécessité de sauver de la dispersion ces portefeuilles. Les cahiers furent saisis, et déposés aux archives des Affaires étrangères.

Le Roi ne voyait pas de raison de les publier (je crois que ces Mémoires sont fort critiques de la monarchie). Monsieur de Choiseul s'en était fait faire une copie. Il la lut en entier. Il s'interrompait dans sa lecture et serrait le poing : « Quel archaïsme, et quel modernisme ! Que d'erreurs et que de justesse ! Que d'amour de la monarchie, que de lucidité sur les princes... Ah, j'aurais aimé rencontrer ce monsieur de Saint-Simon. J'aurais dû lui rendre visite avant sa mort. »

Choiseul a maintenant huit cent mille livres de rentes. Il était décoré de l'ordre du Saint-Esprit, le voici de la Toison d'or. Si ses responsabilités sont de plus en plus lourdes, ses beaux habits d'or et d'argent sont, eux, de plus en plus épais. En 1761, il achète le château de Chanteloup, à deux pas d'Amboise.

Qu'est-ce qu'un gouverneur en sa province, s'il n'y a un château ? Qu'est-ce qu'un duc sans duché ? Qu'est-ce qu'un titre sans une terre [1] ?

Chanteloup n'est pas très vieux, mais déjà célèbre, à la Cour notamment. Saint-Simon en parle à plusieurs reprises. Le château a été construit début XVIIIe (à partir d'un manoir XVIe) pour

1. Les quelques arpents de Lorraine qui sont le vrai duché de Choiseul ne font pas le poids, semble-t-il.

la princesse des Ursins, ou plutôt pour son amant-secrétaire, d'Aubigny — la princesse n'y est jamais allée ; le secrétaire, oui, qui a fini là en notable une vie d'aventure.

Choiseul achète le domaine à la fille et au gendre de d'Aubigny, qui n'y ont jamais habité. Descriptif de l'acte de vente : « Un grand château composé d'un pavillon et d'une aile à chaque côté, d'un grand bâtiment servant de commun, d'une grande orangerie derrière, de remises et scellerie ensuite, d'une basse-cour de plusieurs bâtiments autour d'icelle, de logements pour le jardinier, écurie, vacheries, laiteries, poulaillers, granges, pressoirs, sellier, grenier, grand colombier à pieds, cour d'entrée, parterre devant le château, jardins potagers en milieu desquels est un grand bâtiment servant de serres, un parc divisé en plusieurs bouquets de vieilles et jeunes futaies entourées de charmille et coupées d'allées de différentes espèces d'arbres, le tout enclos d'orient, d'occident et du midi par des murs, et du nord par un fossé revêtu de mur appelé vulgairement douve... »

Tout de suite Louise-Honorine se prend de passion pour Chanteloup. Elle y séjourne dès 61 plusieurs mois par an. Choiseul y passe beaucoup moins de temps, mais secondé par elle — encouragé par elle ? — il se lance dans un plan d'embellissement de son fief. Il achète les terres nécessaires aux aménagements. Il s'attache pour des années l'architecte Le Camus — qu'on finira par appeler Lecamus-Choiseul. On va démolir deux ou trois bâtiments et en rajouter quantité. Le château est très beau, très pur, déjà tout en longueur. Choiseul fait prolonger la façade par deux colonnades du genre de celle du Grand Trianon, déplacer la chapelle, pousser des pavillons, des communs. Il y aura, après 65, une autre tranche de travaux, une troisième encore après 70. Pour finir, la façade atteindra cent quarante mètres de long.

Je n'espérais plus avoir un enfant. J'en conçus un sentiment de solitude accru. Un enfant — comment dire... — un enfant aurait été avec moi, *peut-être.*

Le petit Lauzun avait bien grandi. Il ressemblait terriblement à monsieur de Choiseul. Je ne sais pas pourquoi, cela me faisait peur.

Mais si, je sais pourquoi. Il avait passé quatorze ans, il regardait les femmes maintenant avec une gaieté, une froideur qui m'en rappelaient d'autres.

Il avait bien changé avec moi. J'appris à ne plus dire le petit Lauzun *mais monsieur de Lauzun.*

Tout de suite aussi les jardins sont aménagés. Les jardins, c'est-à-dire les pavillons d'entrée, les grilles dorées, les allées, les parterres, les bosquets, les orangeries, les fabriques, les pièces d'eau, les balustrades, les fontaines et les cascades, les jets et les jeux d'eaux — tout ceci dans le « petit parc », à la française, autour du château : le « grand parc », à l'anglaise, couvre quatre mille hectares de forêts traversées d'avenues en étoile, ou qui se coupent à angle droit [1].

L'ameublement, la décoration du château sont à l'avenant. Une lettre de l'abbé Barthélemy donne une idée du raffinement intérieur. On est en 1768. L'abbé écrit à la marquise du Deffand. Savez-vous, lui dit-il de madame de Choiseul, « qu'elle fait travailler depuis trois ans à un boudoir, que pendant ce temps-là on a fait des colonnades, des cours, des écuries, des grands bassins, des cascades, mais que le boudoir n'est pas fini, qu'elle avait compté en jouir avant de partir, mais que les glaces qu'on attendait de Paris et qui doivent être appliquées en dedans des fenêtres se trouvent trop grandes ou

---

1. Il n'était pas si vaste, le grand parc, quand Choiseul a acheté Chanteloup. Il a fallu pour qu'il atteigne cette taille un étonnant tour de passe-passe, et la complicité de madame de Pompadour. Dès 1761, le domaine de Pompadour, propriété d'une madame Le Normant d'Étioles, est vendu au duc de Choiseul. Lequel alors propose au roi de lui échanger Pompadour contre la forêt d'Amboise, propriété de la Couronne, à ce titre inaliénable, et — c'est drôle — mitoyenne de Chanteloup. Louis XV, cette année, n'a rien à refuser à sa belle ni à son ministre. Il accepte l'échange. Et aussitôt il rétrocède Pompadour à la marquise.

trop étroites et faites pour d'autres fenêtres, et que pour s'en servir il faudrait envoyer chercher ces autres fenêtres qui peut-être sont en Franche-Comté ou en Languedoc... ».

Passera la Révolution, et il ne restera rien du boudoir qui avait demandé trois ans de travail, rien des glaces de Paris, en miettes, rien des boiseries, des corniches, des parquets ouvragés comme des mosaïques — plus un meuble, bien sûr. Louise-Honorine sera toujours en vie, à mille lieues de Chanteloup, dix mille de ce qu'elle était, la même, cependant, elle qui, reine à Chanteloup, y était aussi et peut-être plus une suivante, belle comme le jour et désolée.

Une chose qui fit que j'adoptai Chanteloup avec joie fut que la vie m'était devenue dure, à Versailles comme à Paris. Ici et là, je n'étais plus chez moi. Madame de Gramont, ma belle-sœur, était devenue la maîtresse de ma maison.

Je ne la connaissais qu'à peine avant notre retour de Vienne. Quand monsieur de Choiseul fut nommé ministre, il fit retomber sa fortune sur les membres de sa famille. Son frère Léopold-Charles accéda à la dignité d'archevêque ; son autre frère, Jacques-Philippe, fut promu lieutenant général des dragons. De ses deux sœurs, jusque-là chanoinesses de Remiremont, l'une, Charlotte-Eugénie, souhaita le rester ; l'autre, Béatrice, vint à la Cour. Elle avait vingt-huit ans, elle était réservée, sans grand éclat, et nul alors ne soupçonna qui elle deviendrait. Par amitié pour monsieur de Choiseul, la marquise de Pompadour la prit sous sa protection. De ce moment, son ascension fut étonnante. En quelques mois, elle se fit un nom par son esprit et, je dois dire, par sa méchanceté.

Elle voulut se marier. Son aîné était duc et pair, elle voulut un duc et pair. Il s'en trouvait un, veuf, et qui souhaitait convoler. C'était ce qui se peut imaginer de pire, en fait de gentilhomme. Le duc de Gramont, gouverneur de la Haute et Basse-Navarre, faisait malgré sa richesse et sa position l'objet du mépris général, tant sa vie était dissolue. Duc et pair, il ne paraissait pas plus à la Cour qu'au Parlement. Gouverneur du pays de ses ancêtres, il n'y mettait jamais les pieds. Marié, il avait délaissé sa femme et dilapidé son bien, vivant avec des filles d'opéra dans sa petite-maison de Clichy et sa folie de Puteaux.

Mademoiselle de Stainville le voulut. Si monsieur de Gramont se laissa faire, c'est qu'il y avait intérêt, lui aussi. Quatre ou cinq ans plus tôt, la duchesse douairière, sa mère, et le conseil de famille avaient requis et obtenu du Roi son interdiction. Devenu veuf, monsieur de Gramont était le seul duc et pair à devoir vivre sous curatelle jusqu'à extinction de ses dettes, autrement dit le reste de ses jours, à moins qu'il ne se remariât. L'intérêt de mademoiselle de

Stainville pour sa personne lui apparut l'occasion inespérée de voir levée son interdiction.

Le mariage eut lieu en août 59 et demeura une fiction. Monsieur de Gramont retrouva le soir même sa vie de débauche. Il fallut bientôt l'interdire à nouveau. Une sentence du Châtelet prononça la séparation d'époux qui ne l'étaient pas.

Madame de Gramont semblait enchantée. Au vu de ce qui se passa ensuite, je me demande si elle n'avait pas tout prévu, tout machiné pour qu'advînt ce qui arriva. En quelques mois de mariage, elle s'était fait une position à la Cour, et une place dans l'intimité du Roi. Sans plus de mari, non seulement elle garda son titre et son tabouret, sa position et l'amitié du Roi, mais elle acquit une complète liberté. Elle vint s'installer chez monsieur de Choiseul. Qui aurait pu y trouver à redire ? Pour moi, je crois qu'elle en rêvait, et que ne pouvant épouser son frère, elle avait épousé le plus misérable des hommes, à son duché près, pour se trouver bientôt dans l'obligation de s'en séparer sans que cela puisse lui être reproché, et aller vivre avec son frère.

Alors elle ne dissimula plus son bonheur. On a dit que monsieur de Choiseul et sa sœur s'aimaient comme Jupiter et Junon (on n'épargnait aucune infamie à mon mari ; on ne me faisait grâce d'aucune cruauté). La chose eût-elle été exacte, elle n'eût rien ajouté à leur intimité. Madame de Gramont avait tout pouvoir sur monsieur de Choiseul. Lui qui pourtant n'était pas homme à se trouver bien d'être dominé l'admirait, l'écoutait, lui demandait conseil ; il riait avec elle, causait avec elle, et lui fit près de lui la première place, en un mot. Comme madame de Gramont avait des idées sur tout, séduisait ceux qu'elle tenait pour des égaux et commandait à tous les autres, elle eut bientôt l'entier gouvernement de ma maison, des chambres à coucher aux cuisines, en passant par les salons et les antichambres. Quant à moi, c'est bien simple, je crois que je n'existais pas pour elle. J'étais quelquefois, tout de même, au bras de mon époux ; à table, je lui faisais face ; malgré cela madame de Gramont aurait pu me confondre avec une quelconque de mes femmes.

XVII

La guerre n'en finit pas. Le nouveau roi d'Angleterre, George III, vingt-deux ans, a beau faire savoir qu'elle a suffisamment duré, à son sens (et pour cause : les Anglais sont maîtres des mers et des îles, des colonies et des comptoirs), les hostilités se poursuivent.

Ça va mal pour la France. En Allemagne, les grands chefs se font des crocs-en-jambe — Soubise et de Broglie, en cet été 60. Les Français sont battus [1]. Chaque année c'est la même chose.

En 1761, les Anglais s'emparent du dernier comptoir français aux Indes [2]. Ils poussent le culot jusqu'à s'attaquer à Belle-Isle. On les repousse. Ils récidivent. Ils prennent l'île [3].

À l'est, rien de nouveau. On se bat toujours

1. En juillet 1760, à Fillinghausen, Westphalie.
2. Mahé, le 17 février 1761.
3. Le 7 juin 1761.

sans le moindre plan d'ensemble. Frédéric II tient toujours bon.

Enfin on arrive à se mettre d'accord pour que s'ouvrent des négociations de paix, à Augsbourg. Mais les pourparlers se présentent mal. L'Angleterre a gagné, elle entend prendre tout son bénéfice. Ce n'est pas là ce que Choiseul appelle négocier. La conférence de paix traîne en longueur.

Choiseul en profite pour faire alliance avec l'Espagne. Le 15 août 1761, le Roi Très-Chrétien (c'est Louis XV) et le Roi Catholique signent le premier Pacte de famille — entre Bourbons. Les Anglais sont furieux, les Autrichiens ulcérés ; les négociations de paix rompues et le congrès d'Augsbourg suspendu.

Madame de Gramont eut un enfant, elle ne dit pas de qui. J'y pensai des nuits d'affilée. L'enfant mourut — une petite fille.

Quand parfois on en parlait devant elle et que j'étais présente, madame de Gramont disait : « Ce qu'est devenue cette enfant ? On l'a mise en nourrice, il me semble. Non ? Je ne sais plus où. »

Coup de théâtre, en janvier 1762 meurt l'impératrice de Russie, Élisabeth. Son neveu et successeur, Pierre III, est un grand admirateur de Frédéric II. En mai, il signe avec lui un traité de paix par lequel il rend à la Prusse tout ce que la Russie avait pu lui prendre, et met ses troupes à sa disposition [1].

L'Angleterre a déclaré la guerre à l'Espagne. En février, elle envahit la Martinique. La coalition franco-autrichienne ne peut plus espérer gagner la guerre. Tout le monde est las des combats. Les négociations de paix reprennent.

Elles seront longues, difficiles. Les traités de paix sont signés en février 63 [2].

L'Autriche récupère la Saxe, mais abandonne la Silésie à la Prusse. La France perd la plupart de ses colonies : le Sénégal, à l'exception de Gorée ; le Canada, les îles du Saint-Laurent, la rive gauche du Mississippi ; toutes ses places aux Indes, à part les cinq fameux comptoirs, Pondichéry, Chandernagor, Yanaon, Mahé, Karikal. Il lui reste la Martinique et la Guadeloupe, Saint-Pierre-et-Miquelon. Belle-Isle, Houat et Hoëdic

---

1. C'est compter sans sa femme, Catherine, encore petite et qui deviendra Grande. Deux mois encore, et Pierre III est détrôné par la douce enfant, enfermé puis étranglé sur ses ordres. La nouvelle impératrice maintient le traité de paix avec la Prusse, mais reprend ses troupes.
2. Traité de Paris entre la France et l'Espagne, d'une part, l'Angleterre d'autre part. Traité de Hubertsbourg entre l'Empire et la Suède, d'une part, la Prusse de l'autre.

lui sont rendus. Comme l'Angleterre a pris la Floride à l'Espagne, Louis XV, en dédommagement, cède ce qui lui reste de Louisiane à son cousin.

Choiseul n'aura de cesse de se venger de l'Angleterre. Dans le mois où est signé le traité de Paris, il fait aussi contresigner au roi la première des ordonnances par quoi il entreprend de réformer l'armée de fond en comble. Il pressent — il le dit — que l'Angleterre ne gardera pas éternellement ses colonies américaines. Il prépare sa revanche.

Il n'y eut pas une infamie, pas une calomnie, pas une médisance qui ne fût dirigée contre monsieur de Choiseul. Plus un homme s'élève dans la hiérarchie des pouvoirs, plus il est dénigré. On peut trouver cela normal. Mais ce qui me surprit, ce fut de constater que plus un homme de pouvoir est puissant, plus il est sensible à la malveillance. J'aurais cru que l'on finissait, à la longue, par mépriser puis ignorer les railleries. Je ne parle plus seulement de monsieur de Choiseul. Plus les hommes ont de pouvoir, plus ils sont vulnérables. Un libelle mensonger ferait rire un bourgeois tranquille sans le blesser ; il atteint à l'âme un ministre.

Monsieur de Choiseul disposait de réserves considérables de mépris. (Je tiens à préciser que lui n'y puisait pas à tort et à travers, comme tant de grands personnages autour de nous, mais seulement à bon escient, à l'encontre d'êtres ou de choses indéniablement méprisables.) Mais le mépris ne suffit pas à garantir de la souffrance. J'ai vu quelquefois mon époux être touché au cœur, en dépit de cette hauteur, et blêmir sous le coup. Nous ne sommes pas bien nombreux à l'avoir vu ainsi. Une heure après, il faisait son entrée dans la grande galerie de l'hôtel Crozat : il brillait des feux de l'entrain et du désir de plaire, on l'entourait, il étincelait de gaieté.

Reste à ramener le calme au-dedans du royaume, où jansénistes et ultramontains sont en guerre ouverte, à nouveau.

Voilà cinquante ans que ça dure. Ça se tasse, et puis ça ressort, vieille fièvre mauvaise, tout le pays fermente et pue, le père vomit le fils, la mère ment à sa fille et les prêtres compliquent tout. Et ce à propos de la grâce ! D'une matière « incompréhensible par elle-même », comme disait le vieux pape. Et « dans un royaume aussi éclairé que la France »...

En ces années 60, le nouvel épisode du feuilleton a pour intitulé La Valette. « L'affaire La Valette », du nom du père jésuite par lequel tout est arrivé. Cette idée, aussi, qu'ont les gens de Dieu de faire du commerce ! La Valette s'y est essayé à la Martinique. *Ad majorem Dei gloriam,* bien sûr. Pour éponger les dettes qu'avaient là-bas les jésuites, il s'est fait négociant, en canne à sucre, en bananes, en nègres. Un cyclone, une épidémie, et les corsaires anglais ont coulé son négoce. Gouffre et Lioney, négociants eux aussi, de Marseille, et non moins imprudents, lui avaient prêté un million cinq cent mille livres. Les prêteurs demandent remboursement au père de Sacy, procureur général des missions à Paris. Réponse du saint homme : « Je ne puis rien faire de mieux en votre faveur que de prier Dieu pour qu'il vous console lui-même. » Les Marseillais font preuve d'une absolue absence d'humour. Ils traduisent les bons pères devant la juridiction consulaire de Marseille. Les juges ne rient pas non plus, et condamnent la Société à payer ses dettes.

À ce stade, les jésuites font une erreur. Ils pèchent par abus de confiance en eux. Ils portent l'affaire en appel devant le parlement de Paris, sûrs que les magistrats, nombreux à avoir été élevés dans leurs fameux collèges, leur donneront raison. Mais les élèves ont grandi, et s'ils les ont jamais aimés, ils n'aiment plus les jésuites. Beaucoup de ces parlementaires sont jansénistes ou favorables au jansénisme. Tous en ont par-dessus la tête du parti pris ultramontain des jésuites, et de leur propension à faire intervenir Rome dans les querelles nationales.

Ils désignent comme rapporteur au procès le plus janséniste d'entre eux, l'abbé de Chauvelin. Le pire ennemi des jésuites, et ce depuis vingt ans. Le rapport de Chauvelin porte l'affaire sur le terrain politique. La Compagnie est dénoncée comme un État dans l'État, méconnaissant les lois et menaçant l'ordre public. Un premier arrêt suit, qui condamne l'ordre à payer ses créanciers.

Mais les magistrats ne s'en tiennent pas là. Ils savent qu'à Versailles les jésuites ont des appuis. Ils savent surtout que le roi a besoin d'eux, les « grandes robes », pour voter les finances du royaume, et ne peut guère les contrer de front.

Louis XV voit bien le piège, la Pompadour aussi et Choiseul encore mieux. Ni le roi, ni sa dame, ni son ministre n'aiment trop les jésuites. Mais ils ne veulent pas, comme le parlement, la suppression de l'ordre, pas plus que l'éviction des pères.

Louis XV confie à son Grand Conseil l'examen des constitutions de la Société, et interdit aux magistrats de se prononcer là-dessus. L'opinion publique se prend de passion pour l'affaire. Superbe occasion pour les parlements de montrer qui est le plus fort, de leurs cours ou du souverain.

On a dit que monsieur de Choiseul avait les Jésuites en haine, et ardemment voulu la fin de leur Société. C'est le faire plus féroce qu'il n'était. Il n'y avait que la lucidité en lui qui fût féroce. Monsieur de Choiseul avait du mépris pour bien des gens, bien des choses, mais c'était moins du fait d'un sentiment de supériorité que par exigence — je reviens sur ce que j'ai dit : son exigence aussi était féroce. Pour autant il ne souhaitait pas la suppression de ce qui l'irritait. Il avait trop conscience que le monde est un tout, une somme de forces contraires dont rien ne peut ni ne doit être retranché, où trop de pureté ne serait pas un bien, où le mal ne fait pas que du mal. Bref, il n'était pas janséniste.

Il n'avait pas non plus de haine pour la religion, comme les Encyclopédistes. Il ne pensait pas inutile qu'il y eût des clercs, des religieux, des congrégations. Il était prêt à devenir l'ami de tel ou tel de ces messieurs de la prêtrise, pour peu que l'on pût rire avec lui, et plus sérieusement parler en vérité, bas les masques et les discours d'autorité.

Mais ce que monsieur de Choiseul avait en horreur, lui qui aimait si joyeusement le pouvoir, c'était que sous couvert de dévotion à Notre-Seigneur, à Sa gloire et à l'avènement de Son règne, on briguât le pouvoir aussi, à travers la mainmise sur les esprits.

Les hommes de pouvoir déclarés, il pouvait bien en voir les petitesses et les monstruosités, il les prenait comme ils étaient, il les acceptait pour rivaux, pour adversaires, s'il fallait. Mais les faux détachés et vrais assoiffés de puissance, les faux tolérants en fait persuadés d'être seuls dans le vrai, les faux doux, les faux humbles, les faux pauvres en esprit, ceux-là, il les abominait. Il préférait, tant qu'à faire, les vrais dominateurs, les vrais goulus, les vraies brutes. Monsieur de Choiseul avait des défauts, mais il n'était pas faux et il ne pactisa jamais avec la fausseté.

XVIII

Le Grand Conseil du roi a demandé aux supérieurs des collèges et des maisons jésuites de lui communiquer les titres de leurs fondations. Mais le 7 juillet, passant outre à l'interdiction royale, Chauvelin soutient un mémoire dénonçant les statuts de l'ordre. Et le 8 août, le parlement de Paris rend un arrêt qui condamne vingt-cinq ouvrages écrits par les jésuites et ordonne la fermeture de leurs collèges avant le 1er octobre.

L'arrêt n'est applicable que dans le ressort du parlement de Paris. Mais ce ressort est vaste — à peu près le tiers du royaume —, et Paris influent sur les parlements de province.

C'est l'épreuve de force. Le roi peut soit ratifier les arrêts du parlement, soit les casser.

Louis XV hésite. Choiseul, qui passe pour l'ennemi juré des jésuites, au contraire à ce moment-là conseille au roi de ne pas plier. Le contrôleur général des finances, Bertin, est lui de l'avis opposé, et pour cause.

Le roi coupe la poire en deux. L'arrêt n'est pas cassé, mais son application différée de six mois. Dans l'entrefaite Louis XV veut consulter l'épiscopat.

Mais voilà que le parlement de Rennes emboîte le pas à Paris : à son tour il condamne la Compagnie de Jésus.

À Paris, on persiste et signe. L'abbé de Chauvelin publie son *Compte rendu des constitutions des Jésuites* — tissu de calomnies, et succès d'édition considérable.

Les évêques prennent parti pour les jésuites, à trois exceptions près. Parmi les trois durs, il y a Léopold de Choiseul, l'évêque d'Arras. Choiseul l'autre, le ministre, dont on se dit qu'évidemment il a manipulé son frère, n'est pas si résolu, et fait interroger, à Rome, le pape et le général des jésuites.

Entre-temps, fin 61, le parlement de Rouen a condamné la Compagnie à son tour.

Je n'ai jamais très bien compris en quelle considération monsieur de Choiseul tenait les parlementaires. Il n'éprouvait aucune sympathie pour ces magistrats si peu soucieux de justice, ne défendant guère que les privilèges et condamnant Calas ; ces grands seigneurs, au fond, petits-fils des Frondeurs, indifférents au peuple, à la nation, à l'avenir et au progrès ; ces opposants au roi, pis, à l'autorité royale, pis, à l'État ; ces jansénistes par opportunisme, et non par conviction. Il réprouvait leur comédie et leur immobilisme, mais il les laissa faire.

Lui qui ne regardait pas le passé mais le futur, et n'agissait dans le présent qu'en fonction de la gloire à venir de la France ; qui n'estimait en rien la personne de Louis XV mais respectait la fonction royale, car il se faisait un absolu du gouvernement du royaume et ne pouvait en concevoir l'exercice que puissant, inspiré, économe et rapide (vous me comprenez : une assemblée par nature divisée en son sein, gesticulatrice et bavarde lui paraissait vouée à une éternelle inertie, sous couvert d'effervescence et d'invention) ; eh bien, lui, pour finir s'inclina toujours devant les braillards passéistes et conservateurs frénétiques qu'étaient ces messieurs des parlements.

Sans doute ce fut malgré lui, parce qu'il n'avait pas le choix. Mais quelquefois je me suis demandé s'il n'y avait pas autre chose, et si monsieur de Choiseul ne s'était pas abstenu de contrecarrer les parlementaires comme on laisse faire des parents, que pourtant on réprouve, pour la seule raison que ce sont des parents.

Choiseul a une idée. Si la Société de Jésus voulait bien réformer ses constitutions, on pourrait calmer les parlementaires. Les jésuites échapperaient au pire.

Mais à Rome, le général ne veut pas entendre parler de compromis. Il n'est pas sûr qu'il ait prononcé la fameuse phrase : *Sit ut sunt, ut non sint* [1], mais c'est ce qui passe les Alpes.

Le ministre et son roi s'en tiennent à leur plan de compromis. En mars 62, Louis XV déclare exiger du général qu'à l'avenir ses décisions lui soient communiquées avant d'être applicables, et des jésuites dans leur ensemble qu'ils se soumettent aux lois du royaume. En échange de quoi il pourrait casser les arrêts des parlements.

Les parlementaires ont bien entendu. Fin mai, le parlement de Rennes prononce la dissolution de la Compagnie de Jésus. Début juin, celui d'Aix décide la saisie des biens des jésuites. En juillet, Toulouse et Perpignan votent à leur tour la dissolution.

Cette fois, le roi cède. Il y est poussé par son grand argentier, Bertin toujours. Choiseul s'est rallié à la raison d'Argent. Il a la guerre sur les bras, qui n'en finit pas, et le train de réformes des armées, auquel il ne peut renoncer.

Le 9 août 1762, le parlement de Paris tire un

1. « Qu'elles soient ce qu'elles sont [les constitutions] ou qu'elles ne soient plus. »

trait sur la Compagnie de Jésus. Les biens des jésuites sont mis sous séquestre, les pères dispersés, privés de leurs droits de porter l'habit, d'enseigner, de correspondre avec l'étranger. Jusqu'aux confesseurs de la reine, du dauphin, de Mesdames, filles du roi, qui sont obligés de quitter la Cour.

Les parlements de Grenoble et de Bordeaux font chorus. Mais ceux de Lille et de Besançon, ainsi que les cours d'Alsace et d'Artois, eux, ne poursuivent pas les jésuites, et les laissent dans leur ressort poursuivre leur activité comme avant.

Les magistrats parisiens sont insatisfaits. Ils voulaient aller jusqu'au bout, au bannissement des jésuites ou à leur expulsion sur ordre du roi. Comme au Portugal, que diable !

C'en est trop pour Versailles. En novembre 64, Louis XV en effet paraphe un édit, mais c'est pour mettre un point final au procès des jésuites. Il sauve ce qu'il peut de sa royale autorité, car ce faisant, il entérine bel et bien la suppression de la Société : «Voulons et nous plaît qu'à l'avenir, la Société des Jésuites n'ait plus lieu dans notre royaume, pays, terres et seigneuries. Permettons néanmoins à ceux qui étaient dans ladite Société de vivre en particuliers dans nos États en se conformant aux lois du royaume et en se comportant en toute chose en bons et fidèles sujets. Voulons en outre que toutes procédures criminelles qui auraient été commencées à l'occasion de l'Institut et Société de Jésus soient et demeurent éteintes et assoupies. »

Plus on accablait monsieur de Choiseul, plus on le harcelait, plus sa vitalité se déployait, luronne et souveraine. Dans le même moment, la mienne s'étiolait. La fébrilité quotidienne à Versailles, les faux devoirs, les obligations vaines, les amis d'un jour ennemis le lendemain m'épuisaient. Et je ne parle pas de l'essentiel, de l'obsession qui m'habitait de ne pas déparer. Celle-ci me minait. Sans elle, j'imagine, la Cour — et à la Cour la position de femme du premier ministre — m'aurait paru comme à toute autre le comble de l'honneur et du bonheur.

Au lieu de quoi je vivais chaque jour à Versailles comme une épreuve, chaque soir comme une défaite. Certains regards sur moi de monsieur de Choiseul me font encore mal aujourd'hui.

Il n'y avait qu'à Chanteloup que je retrouvais la paix intérieure sans quoi, pour ma part, je n'avais plus ni énergie ni goût à vivre. Monsieur de Choiseul venait peu en Touraine. Il me manquait, je le lui répétais. J'étais sincère. Je savais bien, pourtant, que son absence était la vraie raison de ma tranquillité.

La Pompadour, la toute-puissante, crachait le sang depuis longtemps. Elle meurt en février 64 [1]. Le roi la trompait tant et plus. Il n'empêche, il perd gros avec elle. Il perd une amie, la seule qu'il ait jamais eue.

Choiseul, lui, perd sa protectrice. Il redoute de se trouver en première ligne, face au roi. La marquise était toujours là, entre le roi et lui ; avec lui, toujours avec lui [2].

Le roi aussi se sent bien nu. Ces masques, tout ce marbre. Tant de femmes et pas une amie. Ça ne peut pas durer.

Il n'est pas une dame de la Cour qui ne se voie d'un nouvel œil dans sa glace. Si, bien sûr, il y en a une. Mais à part la duchesse de Choiseul, toutes pèsent, rêvent leur chance. Les intrigantes se pomponnent. Des clans se forment autour des favorites. Les jésuites ont leur candidate, la d'Esparbès, une fameuse rousse ; une proche de la marquise de Pompadour, qui

1. On lit partout qu'elle mourut usée par les drogues-et-les-plaisirs-forcés. Les plaisirs forcés et les drogues. Les historiens se tiennent. Ils font la chaîne. On aimerait savoir qui a eu l'information le premier. À qui la belle a confié : ce sont les plaisirs forcés qui m'ont tuée ; et les drogues — ne le répétez pas : les drogues aussi.

2. Madame de Pompadour léguait « à la duchesse de Choiseul une boîte d'argent garnie de diamants, à la duchesse de Gramont une boîte avec un papillon de diamants, à monsieur le duc de Gontaut une alliance couleur de rose et blanche de diamants et une boîte de coralline, au duc de Choiseul un diamant couleur d'aigue-marine, une boîte noire piquée à pans et un gobelet ».

l'appelait sa « petite chatte ». (Les jésuites sont toujours là. Ils n'ont plus leur habit, mais ont gardé leurs habitudes, leurs pénitents, leur parti dévot — si dévot.)

Que les dévots l'emportent, que la d'Esparbès soit maîtresse en titre — elle l'est déjà en fait —, et c'en est fini de Choiseul.

Qu'est-ce qu'un premier ministre ? À quoi tient la réforme de l'armée ? Pourquoi la Révolution éclate-t-elle ? Pourquoi tarde-t-elle à éclater [1] ?

Choiseul pousse son pion. Il est brillant, ce pion. Béatrice, madame-sœur, duchesse de Gramont. Ce serait le rêve. À elle la nuit, à lui le jour. Le vieux rêve, être femme et homme. Tout connaître, être tout. Tenir tout.

Je me rappelais la colère dans laquelle s'était mis monsieur de Choiseul quand il avait appris les ambitions de madame de Choiseul-Beaupré, sa cousine. Nous venions de nous marier. Une Choiseul, maîtresse en titre ! Je l'entendais : « Une femme de mon nom dans cette place ! »

Il faut croire qu'une sœur dans la place n'était pas si déshonorant. Monsieur de Choiseul avait tout fait

---

1. On considère classiquement que Choiseul, parce qu'il composa avec les parlementaires, différa la Révolution, précipitée au contraire par le durcissement de ses successeurs à l'endroit des parlements.

pour empêcher le couronnement de sa cousine,
jusqu'à obtenir ses faveurs, histoire de lui parler. On
m'avait tout dit. On me dit qu'il fit tout pour faire
avoir cette couronne à la duchesse de Gramont.

Mais Béatrice de Gramont y va trop fort, elle
en a trop envie. Elle passe la première porte, elle
entre dans le lit du roi. La Cour prend les paris.

Le roi n'en redemande pas. La duchesse le faisait rire. Elle ne l'amuse plus.

Madame de Gramont joue son va-tout. Elle
annonce à Sa Majesté qu'elle se trouve grosse de
Ses Œuvres. « Eh bien, madame, dit Sa Majesté,
vous accoucherez. »

Choiseul veut bien perdre. Il sait perdre. Mais
il n'est pas question qu'il laisse triompher le
parti dévot. Lequel déjà utilise la jolie rousse
contre le ministre. Pauvre « petite chatte ». Elle
veut bien signer ce qu'on veut. Elle signe une
longue lettre à Louis XV, une dénonciation en
long et en large de Choiseul et de son action.
Tout y passe, l'incompétence du premier
ministre, sa paresse, sa folie dépensière, sa vénalité, son irréligion, son mépris du roi.

À coup bas, coup bas et demi. Choiseul
répond par un mémoire, et peut-être deux. L'un
signé, l'autre non.

Dans le premier, il remet sa démission à Louis XV, non sans répondre, point par point, aux accusations des dévots.

Inactif, lui ? Incompétent ? Il énumère : la paix enfin signée, et avec quelle difficulté ; les réformes en cours dans tout ce qui de près ou de loin touche au militaire, que ce soit sur terre ou sur mer, la formation des officiers, leur discipline, l'encadrement des soldats, les arsenaux, l'armement, l'intendance ; les projets de conquête et de reconquête — si le roi prête vie à son ministre. Prodigue ? Sur sa cassette et dans sa vie privée, aucun doute ; mais pour ce qui est des deniers publics, non : là, Choiseul est un épicier, un méticuleux économe. Paresseux ? Dissipé ? « Malheureusement, Sire, je ne suis pas long à réfléchir et suis très prompt à exécuter, ce qui me donne le démérite, devant les gens pesants, d'être léger. [...] On ne peut pas dire sérieusement que je ne travaille pas. J'emploie huit heures par jour à mes départements ; le travail des Affaires étrangères, tant que je les ai eues, est presque tout de ma main dans le bureau. L'on ne soupçonne pas que j'ai copié les idées de mes commis. Ceux de la Guerre et de la Marine sont des témoins irréprochables qu'il ne se fait rien dans les départements sans mon examen et sans mon approbation. Si je travaillais davantage, je m'appesantirais et je travaillerais mal.

« Enfin le grand reproche tombe sur ma religion. Il est difficile de m'attaquer positivement sur cette matière sérieuse, car je n'en parle jamais. Mais dans la forme, j'observe exactement les décences et, dans les affaires, j'ai pour principe le soutien de la religion. [...]

« L'imputation vague et fâcheuse, qui m'affligerait le plus, serait celle de n'être pas attaché, comme je le dois, par respect et par reconnaissance à la personne de Votre Majesté [...]. J'ai fait pour vous, par vos bontés, Sire, la plus grande fortune qui ait été faite pendant le cours de votre règne ; il ne se passe pas un jour, peut-être une heure, que je ne me rappelle toute l'étendue de vos bienfaits. [...] »

On dit. Que ne dit-on... On dit que Choiseul a un autre rapport dans sa manchette. Non, pas signé de lui, celui-ci. D'une teneur... particulière. On dit que le ministre a soudoyé une amie de la d'Esparbès à charge pour elle de recueillir de la bouche rousse les détails les plus précis sur les manières et les manies du roi en son alcôve.

— Je ne puis vous croire, ces façons de butor ne ressemblent pas à monsieur de Choiseul.

— Ma chère, le fait est, ce torchon circule.

La rousse a tout dit, l'amie tout noté. Mon Dieu, que c'est gênant, Sire, de vous remettre ce tissu de ragots ! Mais vous ne pouvez pas être le seul à ne l'avoir pas lu. Il faut que vous sachiez :

madame d'Esparbès raconte à qui veut l'écouter qu'on n'est pas toujours roi au lit, que l'âge et la fatigue sont républicains, et diminuent les princes comme la roture, enfin que ce n'est pas tout d'être favorite, qu'il faut encore beaucoup d'allant, d'invention, de savoir-faire.

Louis XV le prend mal. Le mémoire finit sur les vantardises de madame d'Esparbès, sûre d'être déclarée bientôt maîtresse en titre : eh bien, que disparaisse madame d'Esparbès ! Qu'on ne la voie plus à la Cour.

Le roi ne veut plus entendre parler de dames, du grand monde et de basses manœuvres. Il ne veut plus connaître que les coquines du Parc aux cerfs, et en nombre, surtout en nombre.

Choiseul respire. C'est qu'il ne voit pas l'avenir. La rousse des dévots n'était pas femme à avoir beaucoup d'influence sur le roi. Une blonde sera bientôt dans la place, autrement redoutable.

Cet homme qui, au fond, ne s'intéressait guère aux femmes, que les femmes en tout cas n'intéressaient pas pour elles-mêmes, qui ne pouvait se passer d'elles mais qui se moquait bien de les connaître — d'en connaître seulement une —, cet homme eut une vie faite et défaite par les femmes.

Je ne parle ici pas de moi, qui comptai si peu dans sa vie. Seul mon argent lui fut utile, et lui permit d'être ce qu'il était.

Une femme fit monsieur de Choiseul. Une autre le défit. C'est moi, bien sûr, qui vois les choses ainsi. Jamais lui n'aurait reconnu devoir à une créature autre chose que du plaisir.

XIX

Choiseul a dit vrai, il travaille. Il est arrivé au pouvoir à un moment d'humiliation pour la France, battue sur terre, sur mer, sur le terrain diplomatique. Il a pris la responsabilité des pans les plus fragiles, et les plus importants [1], de la Maison France, les Affaires étrangères, la Marine, la Guerre. Et méthodiquement, il s'attaque à chacun des défauts, chacune des carences qui ont été les causes de la défaite du royaume.

Dès 1761, avec le Pacte de famille entre les Bourbons de France et d'Espagne, de Parme, de Naples, il a tenté d'asseoir un nouvel équilibre européen, où bien sûr le clan franco-espagnol pourrait reprendre l'avantage sur l'Anglais.

L'Anglais. Battre l'Anglais. Toute la politique

1. Qu'est-ce que l'État, à cette époque ? Ce n'est pas l'économie, ni l'équipement, ou si peu ; ni la santé ni l'éducation nationale. C'est la guerre ou la paix, en tout cas la diplomatie.

extérieure de Choiseul découle de cette idée simple. Il n'a pas dû lui être aisé de rester moqueur et prodigue quand a été signé le traité de Paris, ni dans les années qui suivirent. Il n'a pas fallu seulement de l'ambition, mais de la légèreté, du courage, de l'humour, et une volonté armée pour parier sur la remise à flot du pays et s'en porter garant.

Une volonté de revanche aussitôt traduite en plan de réformes. Tout le militaire est revu et corrigé : les hommes, officiers et soldats, sur terre comme sur mer ; la construction navale, l'armement ; les vivres, l'intendance ; la tactique et la stratégie.

Les hommes. À tout seigneur : on commence par ces messieurs les officiers. En ce qui les concerne, il va falloir plusieurs édits royaux. Il y a dix fois trop d'officiers supérieurs. Pour un total en temps de guerre de cinq cent mille hommes, l'armée a plus de six cents généraux ; quelquefois quatre, cinq colonels par régiment.

Tout ceci parce qu'il est admis qu'un officier est officier dès lors qu'il a acquis un régiment.

On réforme donc le recrutement. La Pompadour a voulu et poussé la création en France d'une École militaire (on méconnaît la Pompadour). Choiseul veut en faire l'école des officiers de l'avenir. En amont, et puisque les jésuites ont dû abandonner leur grand collège de La Flèche, il loge là une école préparatoire à l'École.

Par ailleurs il s'attaque à la vénalité des grades. Dorénavant, on ne pourra plus devenir colonel si l'on n'a pas neuf années de service, dont cinq en tant que capitaine [1].

Et comme il reste encore quantité d'officiers incapables, Choiseul en fait ni plus ni moins mettre des bataillons à la retraite. Quant à ceux que l'on garde, on gèle leur solde.

On me dit, et je vois, qu'une femme qui a une rivale entre en guerre contre elle, la déteste et le fait savoir, voudrait sa mort et, à défaut, tente tout pour la diminuer et réduire son ascendant.

Je dois être d'un autre temps. Ces femmes — et Dieu sait s'il y en eut ! Dieu seul sait combien elles furent — ces femmes si nombreuses à m'avoir ravi l'attention de monsieur de Choiseul, jamais je n'ai pu les considérer indistinctement comme femmes à abattre. Chacune à son tour m'aura fascinée. Je n'ai eu de cesse de la connaître.

C'est qu'elle m'attirait. Quelque chose en moi de navré avant même de l'avoir vue l'admirait. Je ne dis pas que je l'aimais ; je la craignais affreusement ; on n'aime pas ce que l'on craint. Mais avant de savoir seulement qui c'était, je lui savais de la supériorité sur moi. On me la préférait. On avait ses rai-

---

1. Choiseul sait ce qu'il fait : il était colonel à vingt-cinq ans.

sons. *Et c'étaient ces raisons que je voulais connaître ; c'était ce que monsieur de Choiseul aimait chez cette autre, et que je n'avais pas, puisqu'il l'aimait chez elle.*

Savoir qui était ma rivale ce mois-là, cette semaine-là, j'en jure, je ne le cherchais pas. Souffrir encore, souffrir à nouveau, qui le cherche ? Mais sur ce point du nom de l'autre, les bonnes âmes m'informaient sans que je le voulusse. Pensez ! Dans ces occasions, la perfidie a l'air de l'amitié. Qui résisterait ?

La dame nommée, là, je ne songeais plus qu'à la connaître. Je m'y employais seule. Je voulais la connaître par moi-même, je dirais presque : avec les yeux de monsieur de Choiseul. Personne comme moi n'avait les goûts, les désirs, les emportements de monsieur mon époux. Moi seule, à force d'essayer de le rejoindre, le connaissais, le comprenais dans tous les traits de sa personne qui l'éloignaient de moi. À force de le suivre jusque-là, j'étais aussi entraînée que lui au libertinage, et peut-être plus.

Et je voyais, j'ai vu dans ces femmes, l'une après l'autre, ce que chacune avait d'aimable. Je ne vois que ça. Le teint ravissant d'une telle, les grands seins de telle autre ; le piaffement, l'entrain d'une troisième à l'arrivée de monsieur de Choiseul. Pour un peu je le verrais avant lui. Je tirerais sa manche : Monsieur, avez-vous senti sur votre passage cette chaleur qui est montée au ventre de madame de Bonvent ? Voyez, ses joues à présent en sont rouges...

197

La guerre calamiteuse, la honte d'être conduit au désastre par des officiers désinvoltes : plus jamais. Choiseul se l'est juré dans les années 40 [1]. Il instaure la discipline à tous les degrés de la hiérarchie.

Terminée, l'habitude qu'avaient les colonels de confier à des subalternes le commandement des troupes. À l'avenir, les colonels devront être à la tête de leur régiment. Du coup, il devient inutile de donner auxdits régiments le nom de leur propriétaire : ce qui se voit n'a pas besoin d'être affiché ; on donne aux régiments le nom d'une province. Royal-Artois, Royal-Champagne. La France est une, et vive la nation. Valmy devra beaucoup à un certain Choiseul.

On organise l'instruction : l'École n'est pas tout, les officiers aînés formeront les jeunes au terrain. On crée une inspection des cadres ; les comptes rendus sont tous adressés au ministre.

Fini, le gaspillage. Une administration régimentaire est mise en place. Une caisse, fermée à clé ; un capitaine-trésorier ; chaque mois, en trois exemplaires, un état des recettes et des dépenses — un des trois exemplaires est pour le ministre.

1. 1743 : raclée de Dettingen ; « l'ignorance, l'effroi, le bruit » ; mille huit cents victimes chez les Français.

Supprimé, le monopole des munitionnaires et autres fournisseurs aux vivres — les magouilles, les défaillances, et les fortunes faites sur le dos des soldats transis. À l'avenir, tous les équipements, le fourrage, la nourriture seront fournis par un corps de l'intendance.

Dans la marine aussi, il faudrait que soit réformé le recrutement à la tête. Jusqu'ici, c'est bien simple, le Grand Corps des officiers de marine recrute exclusivement dans la noblesse. Vous n'êtes pas *né*? Vous pouvez être officier artilleur, intendant, commissaire. Choiseul décide d'ouvrir le Grand Corps aux officiers non nobles. C'est le tollé dans le Grand Corps, le scandale dans la noblesse. Choiseul recule. Il renonce à cette réforme.

Il en a vingt-cinq autres au chaud.

C'est dans ces années-là que je me liai d'amitié avec madame du Deffand. Nous nous connaissions de longue date. Elle était très amie de mes parents, qui fréquentaient chez elle, à Saint-Joseph [1]. *Je me rappelais les avoir accompagnés. J'avais huit ou dix ans.*

Puis mon père mourut, et l'on me maria. J'allai

1. Madame du Deffand tint salon à partir d'avril 1746 dans l'appartement qu'elle louait au couvent Saint-Joseph, 10-12 rue Saint-Dominique, à Paris.

présenter monsieur de Choiseul à la marquise du Deffand, qui prit aussitôt la mesure de son esprit et fut fort aimable avec lui. Mais monsieur de Choiseul avait plus à cœur, à l'époque, d'établir la réputation de sa propre maison, rue de Richelieu, que de faire allégeance à la marquise, laquelle, nul ne l'ignorait, était fort à cheval sur la fidélité de ses fidèles.

Ensuite vint le temps de Rome, puis le temps de Vienne. Et lorsque nous revînmes, ce fut à la Cour. Les choses avaient changé. Monsieur de Choiseul était secrétaire d'État. Madame du Deffand, à qui normalement on demandait la grâce d'aller la visiter, nous fit savoir tout le plaisir qu'elle aurait à nous recevoir.

Je reconnus la moire bouton-d'or semée de nœuds feu qui tendait l'appartement de la marquise. Rien ne semblait avoir changé. Je retrouvai l'odeur de cannelle et de renfermé. Enfant, j'avais éprouvé pour cette odeur — je veux dire ce salon, cette femme et ses affidés — une attirance trouble, mi-désir de goûter, mi-envie de m'enfuir. Je retrouvai le trouble. Je pus donner leur nom aux composantes de l'odeur : la gourmandise et l'amertume, le chocolat et la mélancolie, l'amour des mots et le goût de blesser. Je n'avais plus si peur, mais chaque fois que je laissai se refermer sur moi la porte du salon, j'eus le sentiment d'être prise au piège et d'avoir dix ans.

Madame du Deffand réclamait monsieur de Choiseul. Mais celui-ci était accaparé par mille obligations, et la marquise me vit plus que lui.

Elle eut la bonté de n'en paraître pas déçue. Jamais cependant je ne pus savoir, jamais je ne saurai si on m'aimait pour moi ou pour l'odeur de grands qui s'attachait à mes cheveux. Madame du Deffand dédaignait la politique, elle méprisait le pouvoir. « Gouverner un État ou jouer à la toupie me paraît égal », disait-elle. Mais elle aimait sentir l'air de Versailles entrer en même temps que moi à Saint-Joseph. Elle aimait pouvoir demander par mon intermédiaire à monsieur de Choiseul de considérer avec bienveillance tel ou tel de ses protégés — elle devait aimer plus encore pouvoir dire à l'intéressé : Je parlerai de vous à monsieur de Choiseul [1]. *Elle aimait que notre amitié lui permît de recevoir sans compter. Monsieur de Choiseul n'était pas très souvent de ses soupers, qu'importait : la marquise disait le jour, c'était en général le vendredi et le dimanche, notre maître d'hôtel venait à la nuit tombante compter les invités présents ce jour-là et faisait dresser les tables en fonction.*

Les soldats aussi sont repris en main. Leur recrutement n'est plus laissé à des capitaines sans contrôle et bonimenteurs malhonnêtes ; il

---

1. À Ferney, Voltaire entretenait une communauté de proscrits qui tentaient d'assurer leur subsistance en fabriquant des bas de soie, des montres... À la demande de madame du Deffand, madame de Choiseul fit beaucoup de réclame pour ces produits.

est organisé par l'État, et confié à des sergents spécialisés. On n'enrôlera plus de gamins, ni d'hommes mûrs. Les recrues auront plus de seize ans (dix-sept en temps de guerre) et moins de cinquante ans.

La paie, la nourriture, l'équipement, la discipline des soldats sont revus ; redessinés, les uniformes ; des manœuvres planifiées, à la prussienne, au camp de Compiègne, pour tous les régiments à tour de rôle.

On pense à tout, aux ambulances, à la longueur des cheveux des soldats, jusqu'aux tresses des cavaliers dont la taille elle aussi est limitée.

On pense à l'armement. Les arsenaux anciens sont renfloués, ceux qui appartenaient à des industriels, rachetés ; de nouveaux sont créés.

L'accent est mis sur la construction navale. Choiseul veut reconstituer la flotte, et de là, la doubler. L'Angleterre. La hantise de l'Angleterre. Il mobilise les provinces, dégage des crédits, encourage l'exploitation des forêts des Pyrénées. Ce n'est pas suffisant ? Il fait venir des troncs d'Italie, de Turquie.

Il réfléchit à la tactique, à la stratégie. La grande affaire alors, c'est le poids de l'artillerie, son emploi, sa transformation. Choiseul en charge Gribeauval (la « réforme de Gribeauval », c'est ça). Gribeauval est entré à dix-sept ans au Royal-Artillerie. Il a passé plusieurs années en mission auprès du roi de Prusse, du temps qu'on était allié à la Prusse. Il a servi dans les rangs autrichiens pendant les Sept Ans de la guerre et compte à son actif de hauts faits d'armes autrichiens. Il diversifie les canons, raccourcit, allège, agrandit les roues avant, diminue les roues arrière — enfin, il passe à la postérité. La gloire militaire de l'Empire sera celle de Choiseul-Gribeauval.

Madame du Deffand se plaignait de la solitude, et de la tristesse des jours. Elle était cependant très entourée. Un petit monde lui était fidèle, qui arrivait chez elle dans l'après-midi, y soupait quand il n'allait pas souper ailleurs avec elle, l'emmenait au théâtre, à l'opéra, à la promenade sur les boulevards après minuit, et ne se séparait que fort tard dans la nuit. Tous avaient comme un air de famille — j'ai manqué dire de fatigue. *De grands noms de France, des femmes célèbres, du moins dans ce milieu. Tous âgés, à présent. Et, à ce qui me paraissait, tous un peu monstrueux.*

Je crus d'abord que c'étaient les rires, trop longs, trop forts ; les parfums, les tabacs, qui avaient des relents de drogues ; les robes trop bleues, trop vertes, trop roses ; les dents brunes, les ongles jaunes ; le rouge en couche trop épaisse sur les vieilles joues. Mais c'était autre chose, de plus caché et de plus noir.

Les femmes, à présent de vieilles dames, avaient pour la plupart poussé le libertinage aussi loin que l'on peut. On me dira qu'à cette extrémité, elles n'allaient pas sans les hommes. Eux comme elles en étaient revenus désenchantés. J'en fus bien souvent le témoin. Un exemple, tenez. Madame de La Vallière reçut un jour en confidence une déclaration que l'on avait gardée secrète quarante ans ; elle y répondit haut et fort : « Hélas ! mon Dieu, que ne parliez-vous ? Vous m'auriez eue comme les autres. »

Elle voulait être entendue. Seul restait à ces rois amers le plaisir de la réplique.

On ne s'aimait guère soi-même, dans ce cercle, fût-on par ailleurs très content de soi, et fier de sa méchanceté.

J'apparus — je ne sais… étrangement heureuse. On savait ce que je vivais, un amour impossible à l'intérieur du mariage. Mais jamais je n'en faisais mention. Je ne permettais pas qu'on me vît en victime. Je combattais le chagrin, je n'étais pas désespérée. J'aimais la vie, ma vie, je croyais qu'elle avait un sens, que je connaîtrais au jour de ma mort. Et je me portais mieux que ces messieurs qui, au contraire de moi, ne pouvaient se plaindre d'aucune peine en particulier, mais décriaient la vie en général ; que ces dames qui avaient tout voulu, tout eu et n'aimaient plus rien ni personne.

Choiseul sait comme on perd un comptoir en deux heures, les deux heures qui suffisent à perdre une bataille navale. Il crée pour la défense de ce qu'il reste de colonies à la France une infanterie de marine. (Mécontentement des marins. Mécontentement des biffins. Toute l'armée n'est pas le doigt sur la couture de la culotte.) Il crée pour les îles lointaines des milices garde-côtes. (Mécontentement des planteurs, qui préféraient faire leur police eux-mêmes.)

Ce que voudrait Choiseul, c'est recréer un empire colonial. Il étatise, autant que faire se peut. Après les arsenaux, les comptoirs. Il rachète à la Compagnie des Indes Gorée, Dakar et les comptoirs du golfe de Guinée ; puis les îles de France et Bourbon ; les Seychelles, Sainte-Marie de Madagascar ; enfin les cinq comptoirs des Indes. Fin de la Compagnie des Indes. Et création au ministère de la Marine d'un bureau des colonies.

Choiseul a un rêve en Guyane : peupler en grand ce coin du monde, y cantonner des troupes, et au passage, faire fortune. Il nomme un délégué à l'aventure, fait de la publicité dans l'Europe entière, trouve vingt mille candidats à l'équipée. Le climat de Guyane, les miasmes et les fièvres, en un mot l'impréparation a raison du rêve et de la fortune. C'est l'hécatombe, le repli.

On ne peut pas gagner à tous les coups. Poursuivons. Choiseul fait explorer les océans. Il s'agit de savoir s'il existe ou n'existe pas un continent austral ; si oui ou non c'est dans l'Océanie qu'était le Paradis terrestre [1] ; et de donner des noms français au plus possible de cailloux lointains. Malouines, oui, parfait pour ces îles au milieu de la mer Argentine. Allez, monsieur de Bougainville.

Tout ça pour préparer la revanche. La revanche contre l'Anglais.

L'Anglais, l'obsession. L'Anglais qu'il est si périlleux d'aller chercher chez lui, mais qui n'est pas invulnérable partout, sacrebleu.

---

1. Au retour de son tour du monde, Bougainville accrédita l'idée que l'Océanie était un paradis terrestre.

XX

Le temps paraissait n'avoir pas passé sur le salon de Saint-Joseph. Pourtant je trouvai bien du changement en la vieille reine.

Elle était maintenant tout à fait aveugle. Ses yeux si mobiles autrefois, si expressifs, et dont un regard noir ou, à l'inverse, soutenu pouvait exécuter un esprit fort ou établir une réputation, ses yeux si beaux étaient à présent grands ouverts, tristes, fixes comme l'ennui qui faisait le quotidien de la marquise.

Pour connaître un peu la physionomie des nouveaux venus, la vieille dame leur passait les doigts sur le visage. Elle si hautaine autrefois, si impériale et redoutée de tous en avait un air de mendiante qui me faisait lui prendre et lui baiser les mains, oubliant toute réticence.

Elle avait surtout le cœur bien changé. Cette femme, dans sa jeunesse, disait ne se savoir « ni tempérament ni roman » ; elle craignait les attachements plus que le feu ; et pour bien s'en garder, elle s'était fait le cœur le plus sec de son temps. Pourtant, l'âge venu, contre toute attente elle avait été frappée par la passion et ne s'en était pas remise.

Elle avait nourri, logé, façonné — c'était son mot — Julie de Lespinasse. Et celle-ci l'avait trahie, entraînant dans la trahison ceux que madame du Deffand croyait les plus fidèles.

Et voilà, depuis quelques mois, que son cœur s'était attendri. Voilà qu'elle se connaissait un cœur, qui battait pour un homme ; et que cette révélation lui était un supplice.

Horace Walpole avait vingt ans de moins qu'elle, et le franc cynisme qui fait la force de ses compatriotes. Il fut plus qu'honoré d'être admis dans le cercle de Saint-Joseph — et à peine la quittait-il, il décrivait madame du Deffand comme « une vieille et aveugle débauchée d'esprit ». Il allait la voir tous les jours ; mais quand elle laissa parler son sentiment pour lui, il ne sut que lui interdire d'y refaire allusion, sous peine de ne le revoir jamais.

Là-dessus il partit. Il n'aimait pas les femmes — il n'aimait que lui-même ; et les salons, les princes, les célébrités, les duchesses. Comment une femme aussi fine, aussi libre, aussi méfiante que madame du Deffand put-elle devenir folle de ce méchant Anglais ? Voilà qui ne sera jamais élucidé.

Quant à savoir ce qui chez la marquise avait pu attirer monsieur Walpole, au point que délibérément il la ferra, avant de s'en aller, j'ai mon idée.

Cet homme ne vivait que pour l'image qu'il avait de lui, et qu'il ciselait tous les jours, à l'intention de la postérité. *Son autoportrait tant aimé, c'était son unique œuvre, sa correspondance. Il passait le plus clair de son temps à écrire à des personnalités choisies de l'Europe entière, demandant qu'on lui retourne, surtout, chacune de ses lettres. Si on lui manquait sur ce point, il avait tout prévu : jamais il n'envoyait un courrier qu'il n'en ait fait faire et serrer le double.*

Qui mieux que madame du Deffand pouvait être sa correspondante à Paris ? Qui mieux qu'elle lui servirait de miroir ? Qui d'autre était à sa dévotion ? Qui avait plus d'esprit, plus de goût pour l'échange écrit, qui saurait comme elle nourrir leur correspondance de tous ces faits piquants de l'actualité européenne dont son salon avait la primeur ? Qui avait son pouvoir de rendre intelligent, et de faire venir à l'esprit, à peine on lisait une lettre d'elle, une réponse comme par magie aussi vive, aussi peu attendue, *aussi cursive et bien tournée ?*

Monsieur Walpole, parti, eut ce qu'il voulait. On lui écrivit quatorze ans. Il devenait méchant si l'on parlait de sentiment. On parlait donc de tout le reste, de « noms propres » et de « riens », du mot de la semaine, de la maladie de la reine ; des œuvres d'art sur le marché, des nouvelles publications. Mais ce faisant on ne parlait jamais que passion. On s'en apercevait. On s'en excusait. On faisait un pas de côté. On recommençait.

Je me suis demandé pourquoi monsieur Walpole ne mettait pas un terme à une correspondance aussi peu faite pour lui plaire, à l'en croire. Là aussi, j'ai une hypothèse. Je crois qu'il n'était pas fâché de détenir des centaines de lettres d'amour de la femme la plus brillante et la plus détachée du temps.

La pauvre. Elle achevait ses lettres une fois sur deux par ces mots : « J'aime assez à être votre chère petite. » Bien souvent j'écrivis pour elle, sous sa dictée. J'écrivis plusieurs fois : « Ne m'appelez pas Madame, cela m'est insupportable. » Une fois je notai : « J'oublie que j'ai vécu, je n'ai que treize ans. »

On me montrait parfois les lettres de l'absent, cet « homme de pierre ou de neige », comme l'appelait la vieille amoureuse. Ce n'étaient que semonces, réprimandes, injures, même ; enfin, sur cent airs différents, toujours la même antienne : « Est-ce que vos lamentations, Madame, ne doivent jamais finir ? »

Le dauphin, Monsieur, meurt en décembre 65, du poumon. Louis XV, qui ne l'aimait pas, dit à Choiseul que cette mort lui « perce le cœur ». Le nouveau dauphin et futur Louis XVI a onze ans.

Stanislas Leszczynski meurt en février 66. Il était trop près d'une cheminée, sa robe de chambre a pris feu. La Lorraine n'attendait que cela pour devenir ni plus ni moins française.

Marie-Josèphe, née Saxe, veuve de feu le dauphin, mère du dauphin enfant, meurt en mars

67. On susurre : poison. On ajoute : Choiseul. Choiseul a atteint ce degré de notoriété où il se dit de vous n'importe quoi. Quatorze médecins ouvrent le corps, et ne trouvent rien de suspect. Mourir à trente-six ans, quoi de plus normal ?

Marie Leszczynska, la discrète, était toujours en vie. (La reine.) Elle meurt en juin 68.

Madame du Deffand et moi avions en commun d'aimer et de ne l'être pas. Sans doute ce fut là ce qui nous attacha l'une à l'autre. Il nous était doux, à l'une et à l'autre, de pouvoir parler de l'indifférent sans être ridicules, et avec l'assurance d'être comprises. L'une et l'autre, nous nous encouragions à ne pas perdre espoir. Que ce fût là le mieux à faire, je n'en suis pas sûre. Peut-être aurait-il mieux valu nous aider l'une l'autre à perdre nos illusions. Mais nous serions mortes, je crois, d'entendre le terrible : il ne vous aimera jamais. Et à conjurer ce verdict, nous étions heureuses un moment.

Je fus frappée, d'ailleurs, de la mauvaise grâce que mettait la marquise à être heureuse. C'est un des travers de l'intelligence d'estimer indigne de soi l'abandon enfantin à ce qui, en effet, n'est qu'oubli, un instant. Souffrait-elle, ma vieille amie ne cherchait nulle esquive, nulle consolation. Et ce, au nom de l'honnêteté. Elle allait plus loin — et là, je ne pouvais la suivre ; au nom de je ne sais trop quelle connaissance, elle creusait cette souffrance, elle s'y abîmait. Elle y avait gagné un grand dégoût de vivre. Que de fois je l'ai entendue : « Ignorez-vous que je déteste la vie, que je me désole d'avoir tant vécu, et que je ne me console point d'être née ? »

Et moi qui ne pouvais comprendre qu'on rejetât en bloc la vie, les autres et la Création tout entière, elle me taxait de malhonnêteté. Moi qui m'efforçais de ne voir que le positif, de ne retenir que le bon et de faire le bien autant que possible, elle m'accusait de vouloir fuir ma condition, d'être lâche et du reste, de n'être pas heureuse comme je disais. C'est là, parfois, qu'elle me fit mal. Elle avait le génie de frapper au défaut de la cuirasse. « Il me paraît, disait-elle, incompréhensible qu'avec autant de sensibilité on puisse se soumettre si absolument et si entièrement à la raison. » La fine mouche ! Elle savait à qui elle parlait. Elle se savait au fond de moi une alliée, faite comme elle d'amertume, de rancœur et d'obstination. Et elle touchait juste : à être caressée, cette coquine-là reprenait du poil de la bête, et en une nuit d'insomnie détruisait le peu de sagesse que l'autre part de ma personne avait été si longtemps à construire.

Madame du Deffand avait mis sa vie tout entière et infiniment d'art à contenir son naturel et à se composer l'impassibilité, la lucidité froide permettant à son intelligence de se déployer sans être entravée par les passions. Malgré tout, et au nom d'un tardif retour en grâce auprès d'elle du naturel, elle me répétait : *Je vous aimerais bien mieux si, avec toutes vos vertus, vous aviez quelques faiblesses ; vous vous êtes trop perfectionnée vous-même ; toutes les qualités qu'on acquiert ne sont pas d'un aussi grand prix que les premiers mouvements.*

Qu'avais-je donc fait d'autre que tenter, moi aussi, de contenir un peu ma passion ? Je le faisais dans un autre dessein, et d'une autre façon que ma vieille amie. Mais n'a-t-on le droit de le faire qu'avec les armes qui étaient les siennes ? Ne peut-on essayer par le dépôt, précisément, des armes et par l'oubli de soi (autant que faire se peut : nul mieux que moi ne sait combien cela fait peu) ? Saint François d'Assise a tout dit de cette façon-là de se défendre : « *Que je ne cherche pas tant d'être consolé que de consoler, d'être compris que de comprendre, d'être aimé que d'aimer.* »

Mais non ! Parce que son système de défense avait craqué de toutes parts, madame du Deffand voulait que le mien cède aussi. Parce qu'elle souffrait les tourments de la passion, elle voulait me faire avouer la même souffrance.

Je n'étais pas de force à résister longtemps. Je ne passai jamais qu'une heure ou deux tête à tête avec la marquise. Elle était plus forte que moi, et je ne voulais pas qu'en moi le Mal fût plus fort que le Bien.

Madame du Deffand se plaignait du peu de temps que je lui consacrais. Mais je crois, ce disant, qu'elle n'était pas dupe, et jouissait de son pouvoir sur moi.

Ainsi allait notre amitié, où elle me faisait l'effet d'être un tendron, et moi une très vieille dame.

Recréer un empire colonial et battre les Anglais. Recréer un empire pour battre les Anglais. Choiseul a échoué en Guyane, il essaie ailleurs. La Corse ferait une base épatante en Méditerranée, un peu ce qu'est Minorque à l'Angleterre.

Et la Corse, ça tombe bien, en a assez d'être aux Génois. Ce n'est pas d'aujourd'hui. Les Corses n'aiment pas appartenir. Ils sont en rébellion ouverte contre Gênes depuis des années. Déjà, en 1737, le cardinal de Fleury en a profité pour poser un orteil sur l'île. Les Génois ne parvenaient plus à contenir les Corses. Fleury leur a offert de mettre à leur disposition six bataillons, moyennant sept cent mille livres.

Cela n'a pas suffi. La rébellion corse a gagné en force, sous la conduite de Pasquale Paoli (elle a gagné aussi une constitution, une capitale à Corte, une consulte élue au suffrage universel). Et en 64, Gênes appelle encore une fois la France à l'aide. Accordé, ô combien : les Français fournissent des troupes ; en échange, les Corses les laissent prendre pied dans quatre ports, Ajaccio, Calvi, Saint-Florent et Bastia.

Qui enrage ? Les Anglais, bien sûr. Et de fourguer à Paoli armes et munitions.

Les marchands génois en ont assez, à leur tour. Ils ne voulaient pas d'une guerre — ils n'y entendent rien. Ils doivent trop d'argent à la France.

C'est alors que Choiseul emporte la mise. Il fait une proposition nouvelle : que Gênes cède donc à la France sa souveraineté sur les ports et les places fortes de l'île, et la France lui remettra sa dette. La France ira même jusqu'à l'indemniser de deux millions de livres. Accepté, avec enthousiasme. Le traité est signé en mai 68. Pasquale Paoli bagarre encore un peu, mais les troupes françaises viennent à bout de ses troupes, de sa constitution et de sa monnaie corses. En 69, il quitte l'île à bord d'un bateau britannique [1].

1. Et le 15 août 1769, Napoleone Buonaparte naît à Ajaccio, français donc.

IV

« Il faut donc que tout cela pète »

XXI

Monsieur de Lauzun mettait ses pas dans les pas de monsieur de Choiseul de façon si nette, si inconsciente et si radieuse que plus personne ne doutait qu'ils fussent père et fils. C'était la même séduction, à l'œuvre à chaque instant, la même prodigalité ; le même goût pour le libertinage, le même et féroce appétit d'avoir ou de dominer, selon qu'il s'agissait de femmes ou d'hommes.

Physiquement, tous deux se ressemblaient à l'extrême, et non pas seulement de traits. Ils avaient des gestes communs, une même façon de se caresser les lèvres du pouce, le même rire, le même raclement de gorge prétendument approbateur et à vrai dire on ne peut plus moqueur.

À dix-neuf ans, monsieur de Lauzun épousa mademoiselle de Boufflers, qui en avait quinze et faisait l'admiration générale pour sa grâce et pour sa beauté. Il ne s'était pas passé deux semaines depuis leur mariage que je surpris la petite Amélie les yeux rouges. Je me vis au même âge, à peine mariée et *informée déjà que l'on m'avait trompée dès le lende-main de mes noces.*

Amélie de Lauzun était la petite-fille de la célèbre madame de Boufflers, plus tard maréchale de Luxembourg, grande amie de madame du Deffand, aussi méchante qu'accomplie, aussi débauchée que brillante. Madame de Boufflers s'était, disait-on, passé la fantaisie d'un nombre prodigieux d'hommes. De leur côté, ces messieurs la considé-raient comme une femme qu'il fallait que tout homme de bon air mît sur sa liste. Ceci n'est rien, encore, à côté de mots que l'on rapportait. J'eus à souffrir par la princesse de Robecq, je n'y reviens pas. Mais jamais je n'aurais songé à la faire souffrir. Madame de Boufflers-Luxembourg était devenue sa belle-mère par son second mariage et ne l'aimait pas. Madame de Robecq crachait le sang. Elle s'alita pour mourir. Madame de Luxembourg venait la tourmenter tous les jours. À quelques heures de sa fin, entrant dans sa chambre elle s'écria, bien fort afin que la mourante entendît bien, qu'on y sentait le cadavre à en être suffoqué.

La mère d'Amélie, l'autre madame de Boufflers, n'était pas si méchante. Mais elle ne pensait qu'à son plaisir, et ne voyait pas plus loin que le bout de ses escarpins.

Voilà qui étaient les conseils de la petite Amélie. Et sans doute on lui dit, voyant ses yeux rouges : Eh bien, vous avez été mariée quinze jours. Vous voici libre, à la bonne heure ! Amusez-vous.

Mais Amélie n'était pas de cette eau. Une enfant, tendre et simple, et qui aimait désespérément monsieur de Lauzun. Mon Dieu, je croyais vivre à travers elle une seconde fois.

J'essayais de la consoler. Je tâchais surtout de lui enseigner à continuer d'aimer, sans attendre rien en retour. Je la voyais comme une belle-fille endurant par mon fils ce que mon époux m'avait fait endurer.

Le petit Lauzun. *Penser qu'il est mort, aujourd'hui, et sa petite épouse aussi ; que leurs deux têtes décollées de leurs jeunes corps ont la bouche et les yeux pleins de terre, dans deux fosses quelconques* [1].

En 66, Choiseul reprend le portefeuille des Affaires étrangères. C'est la Marine, cette fois, qu'il passe à son cousin Praslin : la réforme y est engagée, simple histoire de gestion, à présent ; alors qu'en matière diplomatique, il va falloir prendre des risques, des paris. La guerre est terminée depuis trois ans, mais elle pourrait bien reprendre. Non que Choiseul la cherche. Il désamorce deux ou trois conflits, avec l'Espagne, dont l'appui est précieux au sein du Pacte

1. Armand de Lauzun fut guillotiné en 1793, son épouse en 1794.

de famille, avec la Sardaigne. Ce n'est pas la guerre qu'il veut, mais la revanche sur l'Angleterre. Rien d'autre.

On le voit bien dans l'affaire polonaise. La pauvre Pologne est passée sous la coupe russe. Catherine II y a fait élire roi son amant Poniatowski. La France n'a pas levé le petit doigt pour son alliée de toujours.

En 68, à Bar, Podolie, le meilleur de la noblesse polonaise forme une *confédération* contre Poniatowski. Les confédérés appellent à l'aide. La France envoie quelques subsides, un conseiller technique et observateur en la personne d'un jeune officier baroudeur, un certain Dumouriez, c'est tout. Personne n'a envie de mourir pour Dantzig, et plutôt que d'engager l'armée française, Choiseul s'efforce de monter la Turquie contre la Russie.

Il y réussit au-delà de toute espérance : les Turcs déclarent la guerre aux Russes. Mais l'Empire ottoman n'est plus ce qu'il était, les Turcs essuient revers sur revers, et les confédérés de Bar eux aussi sont écrasés. Ce n'est pas avec la Russie que Choiseul a un compte à régler.

Autre alliée traditionnelle de la France, la Suède. Elle aussi aiguise les appétits de ses voisins. Russes et Prussiens se la partageraient bien, comme ils pensent (et vont) le faire de la Pologne.

Il semble, cette fois, que Choiseul tape sur la table. Oh, dans le secret des chancelleries. Rien ne filtre, sinon des chuchotis diplomatiques. Nul ne sait comment Choiseul aurait réagi si la Suède avait été envahie. Rien ne prouve qu'il aurait envoyé des troupes se battre sur ce front. On peut appeler ça cynisme, ou sagesse. Trahison, ou claire hiérarchisation des objectifs.

Il ne m'a pas vraiment fait tort, et je ne lui reproche rien. Comment lui reprocher de n'avoir pu se contenter de moi ? Qui suis-je, pour reprocher ça ? Moi qui n'ai pas su lui suffire.

Il m'a toujours préféré son caprice. Mais je crois qu'il ne mentait pas en soutenant qu'il ne m'enlevait rien, ce faisant. Il m'a aimée autant qu'il le pouvait. Il n'allait pas loin en amour. Il allait vite. Avec moi, du reste, il a été loin. Disons : loin pour ce qu'il était. Une vie entière. Plus loin, bien plus loin que ne le voulait sa nature.

Je vous l'ai dit, je n'en ai pas voulu à mes rivales. Je leur sus gré même, quelquefois, de le rassasier, un temps. Je ne mens pas. Une mère, il me semble, peut éprouver pareille gratitude pour la femme, les femmes, s'il en faut plusieurs, qui apaisent son fils.

Rien de bien noble là. Je ne lui ai jamais suffi. Vous ne lui suffirez pas non plus. Une autre vous succédera. Nous sommes alliées, en sorte. Si nous l'aimons, nous ne pouvons que nous aimer de le désennuyer, peut-être, à nous toutes.

Une femme comprend, ne comprend que trop qu'on la trompe. Mais ce qui lui est inimaginable, c'est qu'un homme — ou les hommes, ou l'homme en général — préfère le pouvoir à l'amour. J'aimais un homme qui aimait le pouvoir. Je ne l'ai jamais accepté car jamais je ne l'ai compris. Une femme ne peut comprendre qu'on lui préfère le pouvoir. Qu'on préfère un phantasme, un méchant rêve, à ce qu'elle offre de sûr, de tendre, de chaud, et ne reprend pas. Qu'au fond, l'autre se préfère soi, sans elle.

Je ne l'acceptais pas, mais je dus bien l'admettre. Je ne sais pas si ce fut là force ou faiblesse. J'admis qu'on me préférât le pouvoir ; qu'on ne voulût pas ce que je voulais ; qu'on allât où je n'allais pas ; qu'on fût ce que je n'étais pas.

Choiseul est aussi à l'Intérieur. Pas en titre, et peu lui importe. Mais en fait — et comment ! En tant que membre de tous les Conseils du roi (d'En-Haut, des Dépêches, des Finances) et cerveau de l'ensemble.

L'objectif à l'intérieur des frontières est simple, lui aussi : développer la prospérité, c'est-à-dire l'agriculture du pays. Choiseul a réfléchi avec les physiocrates — il les a connus par la Pompadour, dont le médecin, Quesnay, en était.

Il s'agit d'encourager les formes modernes d'agriculture, d'implanter des cultures nou-velles. Visées de plus en plus contradictoires avec le vieux protectionnisme régional, les octrois, les douanes locales, en un mot les entraves à la libre circulation. Choiseul se bat pour leur abolition. Il libère le commerce des grains. Ça ne va pas sans mal. Il tient bon.

Il double cette politique libérale d'un vaste plan de travaux publics. On trace des routes, on creuse des canaux, on construit des ponts — au sommet, on met en place une fois pour toutes le corps des Ponts et Chaussées.

Mais les affaires intérieures sont empoison-nées par la politique. Les parlementaires ne désarment pas. Dans leur lutte finale contre la monarchie, ils trouvent chaque année un nou-veau chef de bataille.

Il y a eu l'affaire Calas. En 1762, signant la plus célèbre erreur judiciaire du siècle, le parle-ment de Toulouse avait condamné à mort le marchand d'indiennes, Calas. Voltaire, alors, avait été superbe, recueillant à Ferney la veuve et deux des orphelins, lançant une campagne nationale, publiant son *Traité de la tolérance*, sai-sissant les grands — dont Choiseul, vite convaincu, et obtenant du roi, en juin 64, que soit cassé l'arrêt de Toulouse.

Depuis, les parlements font la vie dure au grand argentier du royaume. Louis XV a cru jouer fin en nommant à ce poste, en remplacement de Bertin, un conseiller au parlement de Paris, Laverdy. Conseiller ou pas, quand Laverdy veut réduire les dépenses, et surtout s'il prétend augmenter les recettes fiscales, les « grandes robes » l'en empêchent.

Il y a une inconstance amoureuse propre aux gens de pouvoir.

Les hommes de pouvoir ne sont pas les seuls inconstants, mais jamais on n'observe comme parmi eux une impossibilité radicale à se tenir à un attachement, a fortiori un mariage. La personne de leur compagne n'a pas grand-chose à voir à l'affaire. Ils ne seront pas plus fidèles à leur seconde femme qu'à la première, à la troisième ou à la quatrième. Il leur faut le nombre, l'immédiat ; le plaisir de l'instant, sans l'ombre d'un commencement d'engagement.

J'ai cherché des raisons à un comportement qui n'est pas loin de l'agitation. On en trouve, il me semble, dans le mot « dédommagement » que monsieur de Choiseul emploie dans ses Mémoires pour désigner les femmes. Les hommes de pouvoir ont la vie dure. Leur métier par nature est difficile, jamais ils ne contentent tout le monde, ils échouent la plupart du temps, et quand ils réussissent, le mérite en revient au souverain.

Il y a plus. Lorsqu'il touche au pouvoir, celui qui

en rêvait, que découvre-t-il ? Qu'il n'a pas le pou-
voir. Il en a le fauteuil, l'habit, le maroquin ; la
charge, les devoirs ; les soucis, les tracasseries. Mais le
pouvoir est comme le furet, il court. Là où on croyait
le saisir, il vient de passer. S'il repasse, c'est ailleurs,
autrement. Il est déjoué d'où l'on ne pensait pas…

L'homme de pouvoir en pleurerait. Il est épuisé. Il
s'est énervé tout le jour. Son maître le regarde de tra-
vers, il sait son temps compté, et qu'il deviendra fou
s'il n'a plus le pouvoir. Qu'on le console, vite ! Que
quelqu'un, tout de suite, le prenne dans ses bras !
Qu'on lui bouche les yeux, qu'on lui caresse le ventre
et le dos, comme à un bébé. Qu'on le berce. Qu'on le
fasse jouir et qu'on l'endorme.

Si j'allais jusqu'au bout, je dirais que ce sont des
nourrices que veulent les gens de pouvoir. Il leur faut
le sein. Le sein rose et frais de nourrices de dix-huit
ans, si possible ; mais, à défaut, le premier sein qui
passe, n'importe quel sein. Un sein, tout de suite !

L'abcès de fixation va trouver en Bretagne un
terrain déjà fiévreux. Depuis 64, le parlement
et les états de Bretagne s'opposent aux projets
— aux dépenses — du gouverneur et commandant, le duc d'Aiguillon. L'affaire a pris la forme
d'un combat de chefs. Face au duc d'Aiguillon,
voici La Chalotais, déjà remarqué pour sa viru-
lence contre les jésuites. Il est procureur général

au parlement de Rennes, et il mène la fronde contre le duc — le roi. Il refuse d'enregistrer les édits financiers de Laverdy. Il interdit la levée en Bretagne de taxes nouvelles.

Le roi se fâche. Il convoque à Versailles tous les magistrats bretons. Le 15 mars 65, il leur passe un royal savon.

Riposte des parlementaires : rentrés à Rennes, ils démissionnent en bloc.

La Chalotais fait arrêter un acolyte de l'intendant de Bretagne, qui se prétendait préposé à l'ordre public. Le roi le fait arrêter à son tour, et emprisonner au château du Taureau, sur une petite île, au large de Morlaix.

La Bretagne s'émeut. Le duc et gouverneur forme un nouveau parlement de Bretagne, à partir des douze parlementaires restés fidèles au roi. Ces douze sont la risée de la région. Les gens les appellent les « Ifs » : I.F., comme Jean-Foutre. Les autres parlements, celui de Paris le premier, refusent de reconnaître le « bailliage d'Aiguillon », comme ils disent.

Louis XV en a sa claque. C'est Choiseul qui le freine. Choiseul qui sait qu'on ne peut pas gouverner sans les parlements. Qui connaît d'Aiguillon, sa couardise au combat [1], ses vues sur le

---

1. Ils étaient tous les deux à la bataille de Coni, en 1744. « Je ne fus pas trop content de la manière d'être de monsieur d'Aiguillon » (*Mémoires*, chapitre v).

228

portefeuille des Affaires étrangères, et n'est pas pressé de le soutenir.

Le roi fait traduire La Chalotais devant le parlement de Paris. Celui-ci refuse de le juger. Fort bien, dit Louis XV, c'est mon Conseil d'État qui jugera le procureur.

Le jugement est rendu le 22 décembre 66. On ne peut pas faire plus conciliant. Le Conseil déclare éteint tout délit relatif au procès. La Chalotais est libéré.

Mais les parlements refusent toujours de voter les finances publiques. Laverdy répète à qui veut l'entendre : « Il faut donc que tout cela pète. »

Alors le roi frappe un grand coup. Le 6 mars 67, il se rend en personne en la Grand Chambre du parlement de Paris. Comme l'a fait son grand-père face aux grands-pères des magistrats de 67, il met les points sur les i. « C'est en la seule personne du Roi que réside la puissance souveraine » ; « c'est à lui seul qu'appartient le pouvoir législatif » ; « c'est par sa seule autorité que les officiers du parlement procèdent non à la formation mais à l'enregistrement, à la publication et à l'exécution de la loi »

La loi, c'est moi. Le grand Louis n'aurait pas dit mieux. Choiseul n'est pas content. On ne peut pas redire toujours la même chose.

Ce n'est pas le premier lit de justice. Mais celui-ci passe à l'histoire sous le nom de « séance de la flagellation ». Dans les faits, pourtant, il ne change rien.

Et les récoltes sont mauvaises, les denrées chères, le peuple mécontent. On cherche un bouc émissaire. On en a un tout trouvé, d'Aiguillon. Bien sûr. Le duc est autorisé à démissionner en août 68. Il en a gros sur le cœur contre Choiseul. Il ne lui faudra pas longtemps pour trouver l'occasion de se venger.

Bien des fois on me dit : mais qu'attendez-vous donc pour traiter votre époux comme il le mérite ? Il vous trompe, eh bien, trompez-le ! Trouvez vous aussi votre joie dans le nombre.

Ces mots ne trouvaient pas d'écho en moi. Je savais, j'avais toujours su que cette sorte de réponse de la bergère au berger n'était pas pour moi. Cela me semblait on ne peut plus clair : mon amour pour monsieur de Choiseul n'était en rien fonction de son attitude envers moi. Ce quelque chose qui allait de moi à lui se trouvait être inconditionnel — je ne dis pas inerte. Je n'y avais pas de mérite, c'était ainsi ; je n'y étais pour rien, il y allait de la nature de cet attachement.

Monsieur de Choiseul était pour moi le visage de l'amour, et les imperfections de ce visage n'enlevaient rien au fait qu'il incarnait l'amour. Il était tout l'amour, la splendeur de l'amour aussi bien que la propension qu'a l'homme à le travestir. Il était tout ce que l'homme peut connaître de l'Amour, autrement dit le peu que l'homme en entrevoit.

XXII

L'Angleterre. Renforcer les alliances contre l'Angleterre. On décide, en 66, de marier le dauphin à l'Autriche. Marie-Thérèse en est ravie. Elle rêvait de ce mariage pour Antonia, sa dernière. Il est un peu tôt pour conclure, l'archiduchesse a onze ans et demi. Mais l'Impératrice est prête à l'envoyer à Versailles, grandir et parfaire son éducation à la Cour de France.

Choiseul est pour. Plus on sera lié à l'Autriche, mieux on pourra penser à la revanche. Louis XV est de l'avis contraire. Les guerres ne lui ont apporté que des soucis, il ne veut plus en entendre parler. Antonia perfectionnera son français à Vienne, encore deux ou trois ans.

Les parlementaires ne songeaient qu'à s'opposer. Tous les prétextes leur étaient bons. Monsieur de Choiseul essayait de calmer le jeu. Il était bien le seul.

Mais moi qui le voyais de près, je voyais sa colère.
— Ils n'ont qu'une idée, disait-il, briser la monar-
chie, l'État. Ils vont y parvenir.

Il ne se faisait aucune illusion sur les raisons qui
dirigeaient les opposants. — La Fronde, disait-il. La
vieille Fronde, devenue sénile, bégayant. Il serrait le
poing.

Et puis il levait le sourcil. Il hochait la tête. Il
avait de l'admiration pour les magistrats. Oh,
l'admiration d'un malin pour d'autres malins. Une
admiration de politique, qui ne portait pas sur le
fond mais sur la manière. — Le plus fort, disait-il,
c'est que ces hommes du passé, qui n'ont en tête que
leurs privilèges, parce qu'ils s'opposent au Roi et
qu'ils l'appellent l'arbitraire, parce qu'ils clament
"Liberté !", ont convaincu les philosophes et tout ce
qui parmi les beaux esprits se targue d'être phi-
losophe qu'ils sont généreux, novateurs, et qu'ils
mènent le bon combat. *Mieux, ils ont su*
convaincre l'opinion publique qu'ils sont les pères
du peuple.

Au début de l'été 68, à Compiègne où séjourne
la Cour, apparaît une femme en grand équipage.
Vingt-cinq ans, ravissante ; des cheveux si dorés
qu'elle n'y met pas de poudre — « et elle en avait
une profusion à n'en savoir que faire ».

Le bruit court qu'elle est là pour les plaisirs du

roi, et a nom du Barry. « Il était vrai, note Choiseul, qu'elle allait coucher tous les jours chez le Roi ; on la voyait sortir des Cabinets le matin, pour aller s'habiller à son auberge, et revenir chez le Roi après dîner. »

À vrai dire, la nouvelle toquade de Louis XV ne s'appelle pas du Barry. Elle a pas mal de noms, dont aucun n'est bien sûr. Mais elle est fort connue à Paris. « J'appris [...] que mademoiselle Vaubernier s'appelait l'Ange de son sobriquet de fille ; qu'elle était entretenue par [...] du Barry, surnommé le Roué, depuis plusieurs années ; que tous les jeunes gens la connaissaient et allaient chez elle ; que monsieur de Fitzjames l'avait, ainsi que monsieur de Sainte-Foix ; enfin que c'était ce qu'appellent les filles entre elles une fille du monde, c'est-à-dire une fille publique. »

Choiseul n'exagère pas. La belle est née en 1743 d'une certaine Anne Bécu, couturière au couvent de Picpus, à Paris, et, semble-t-il, d'un religieux de ce couvent, Gomard de Vaubernier. Elle est élevée chez les Adoratrices du Sacré-Cœur, et placée à quinze ans comme demoiselle de compagnie chez la veuve d'un fermier général. La compagnie, la demoiselle s'y entend : elle séduit les deux fils de la maison, l'un et l'autre mariés. Renvoyée, elle entre comme vendeuse dans un magasin de mode à l'enseigne de *La Toilette*, rue Neuve-des-Petits-Champs. Elle y attire un monde fou. Elle choisit ses amants et change de travail. C'est dans ces nouvelles fonctions qu'elle se fait remarquer par Jean du Barry, un intrigant, croqueur de dot, beau parleur, joueur, rabatteur de tendrons pour le duc de Richelieu, et trafiquant dans les fournitures de vivres aux armées.

Du Barry a depuis longtemps relégué son épouse en Languedoc. Il s'installe avec l'Ange dans un bel appartement, rue Jussienne, où affluent bientôt, en effet, grands seigneurs et célébrités.

Trajectoire que Choiseul résume sans détour : « Elle avait été raccrocheuse dans les rues et livrée à tous les valets, avant que d'être entretenue par du Barry le Roué, chez lequel elle avait eu beaucoup de monde. »

Du Barry, comme Richelieu, sait qu'il y a une place à prendre à la Cour, et beaucoup à gagner à être familier de la maîtresse en titre. Ce n'est pas par hasard que le roi croise un Ange blond sur son chemin.

Toujours est-il que le roi mord. C'est peu dire. Il est ébloui. — Elle me donne des plaisirs que j'ignorais, dit-il à Richelieu, qui cette année est premier gentilhomme en service.

— Eh, Sire, répond, bon camarade, le premier gentilhomme, c'est que vous n'avez jamais été au bordel.

On me parla plusieurs fois en un mois d'une madame de Brionne. On me dit qu'elle avait de remarquable, outre sa beauté, qu'à la mort de monsieur de Brionne elle avait demandé au Roi de succéder à son époux dans la charge de grand écuyer, et se trouvait la première femme dans cet emploi. Elle administrait la Grande Écurie, veillait à l'entretien des chevaux, à l'éducation des pages, et on la surnommait madame Le Grand.

La troisième fois qu'on me dit l'histoire, j'avais compris. On me signifiait un autre succès de madame de Brionne. Le ton ne trompait pas — c'était toujours le même que prenaient les bonnes âmes pour m'informer sans me les dire des attachements de monsieur de Choiseul, un mélange à parts égales de sollicitude, de cruauté et de jubilation.

« Personne, écrit Choiseul, n'imagina alors que cette vilenie dût avoir aucune suite [...]. L'on croyait que le sort de cette fille serait comme celui de vingt autres plus honnêtes, que l'on avait renfermées au Parc aux cerfs, à Versailles, lesquelles étaient destinées à employer leurs soins aux plaisirs que cherchait le Roi et qu'il trouvait difficilement. »

On se trompait. Louis XV s'enferre. Pour

236

commencer, il marie sa maîtresse. Il faut à la petite un état civil. Jean du Barry a une idée. Lui-même est déjà marié — sans quoi il aurait bien sûr épousé l'amie du roi : Majesté, un plaisir ! — mais un de ses frères est garçon. On fait monter du Barry-frère de Toulouse. Au matin du 1er septembre 68, on le marie à Jeanne Bécu, en l'église Saint-Laurent, à Paris ; et le soir on le renvoie sur ses terres, les poches pleines.

Les choses ainsi régularisées, le roi se sent mieux. Il n'aime pas les situations fausses. Lebel vient de mourir, son premier valet et entremetteur de première. Ça tombe bien. On installe madame la comtesse du Barry dans le six-pièces du défunt, à Versailles — juste à côté de la chapelle.

Le bruit court alors que la favorite pourrait être présentée. Les grands sont blêmes. «Personne ne put croire dans le premier moment un éclat aussi infâme, parce que personne n'avait jusqu'alors jugé le Roi : la faiblesse de son âme, son air timide, qui tient beaucoup à sa bêtise, sa belle figure qui a le caractère de la décence, son âge, l'exemple qu'il devrait donner à des enfants aussi jeunes que les siens, le mariage prochain de son petit-fils, tout concourait à faire mépriser le bruit d'une action aussi méprisable que celle de la présentation d'une fille supposée mariée, contre toutes bonnes

237

mœurs, à l'infâme frère d'un homme de rien, qui tenait école publique d'escroquerie et de prostitution dans Paris. »

Mais le bruit se précise. La chose est officielle. Madame du Barry va être présentée au roi et à sa famille.

Il faut pour la formalité une dame de la noblesse. Richelieu a toutes sortes de dames dans sa manche, il trouve une madame de Béarn. Le tour est joué [1]. Madame du Barry s'installe au deuxième étage, à Versailles, dans des appartements aménagés pour elle.

Tout ceci ne serait pas grave pour le premier ministre et pour le royaume si la vie privée du monarque n'était aussi affaire d'État. Car la du Barry a été poussée par un clan qui ne peut pas souffrir Choiseul — Richelieu, d'Aiguillon et consorts — et va s'ingénier à le perdre.

La clique s'allie aux dévots, ces ennemis fidèles de Choiseul, autour de La Vauguyon, toujours là. L'ambassadeur d'Autriche en France écrit à Kaunitz : « La passion l'emporte sur la honte. Cette crise ne tardera pas longtemps à se dénouer. Il est scandaleux de voir un maréchal de Richelieu, un gouverneur et une gouvernante [2] des Enfants de France se consti-

1. 22 avril 1769.
2. Madame de Marsan, âme damnée de monsieur de La Vauguyon.

tuer les agents d'une si vilaine intrigue et d'entendre dire publiquement à madame de Marsan et monsieur de La Vauguyon, qui affichent de la dévotion, que c'est Dieu qui permet un mal pour remédier à un plus grand mal et ce plus grand mal, selon eux, c'est l'existence de leur ennemi monsieur de Choiseul. »

Choiseul n'a pas de mots assez durs pour le roi et pour sa catin. Mais il n'est pas le seul. C'est dans l'air du temps. Les chansons en vogue à Paris ne font pas dans la dentelle.

C'est le roi qui chante :

Je sais qu'autrefois les laquais
Ont fêté ses jeunes attraits
Que les cochers, les perruquiers
L'aimaient, l'aimaient d'amour extrême
Mais pas autant que je ne l'aime.
Avez-vous vu ma du Barry ?

Variante plus gourmée, et attribuée à Voltaire, *L'Apothéose du roi Pétaud* :

Il vous souvient encore de cette tour de Nesle,
Timinville, Lymal, Rouxchâteau, Papomdour [1]
Mais dans la foule enfin de peut-être cent belles
Qu'il honora de son amour,
Vous distinguez, je crois, celle qu'à notre cour

1. Vintimille, Mailly, Châteauroux, Pompadour.

On soutiendrait n'avoir jamais été cruelle.
Qui, dans Paris, ne connaît ses appas ?
Du laquais au marquis, chacun se souvient d'elle.

La date du mariage du Dauphin avait été fixée au 16 mai 1769. Fin avril, on annonça l'arrivée de l'archiduchesse en France. — A-t-elle de la gorge ? demanda Sa Majesté.

L'archiduchesse avait quinze ans.

Monsieur de Choiseul me rapporta le mot sans en rire. Il avait de plus en plus de mépris pour le Roi, et ce mépris ne lui était pas agréable. Il ne pouvait croire que la du Barry serait présente aux fêtes du mariage. L'ambassadeur d'Autriche le craignait. Le Roi le voulut.

Celle qui était devenue Marie-Antoinette en même temps que la Dauphine demanda peu après à madame de Noailles quel était l'emploi à la Cour de madame du Barry.

— Son emploi ? Madame de Noailles hésita. Amuser le Roi.

— Alors, dit la Dauphine, je veux être sa rivale.

XXIII

Début 70. Les opposants à Choiseul ont fait passer le conflit sur le terrain politique. Un des leurs a été nommé aux Finances, en remplacement de Laverdy. L'abbé Terray, un vieil ami de d'Aiguillon. Conseiller ecclésiastique au parlement de Paris, il est pourtant dévoué à Louis XV, au royaume, et critique à l'égard de la fronde parlementaire. Il a glissé sa fille naturelle dans le lit du roi, sans succès durable. Il n'est guère puritain que sur le plan professionnel : son idée quant à la réforme des Finances est qu'il faut diminuer les dépenses de l'État.

Choiseul et les secteurs d'activité sous sa gouverne sont visés. « Madame du Barry imagina d'ordonner à l'abbé Terray, esclave de sa faveur, de contrarier, autant qu'il lui serait possible, mes idées et mon administration, soit au Conseil, soit dans les détails relatifs aux finances [...]. L'abbé Terray [...] prit le moyen simple de refuser les fonds nécessaires pour le paiement des dépenses de mes départements. »

Choiseul se défend. Le ton monte. Terray se plaint au roi de la résistance qu'on lui oppose. « L'expression était que je jetais l'argent du Roi par les fenêtres, que je ne conduisais pas mieux les affaires pécuniaires du Roi que les miennes propres, et l'on insinuait au Roi que je me servais des fonds de mon département pour m'acquérir des créatures et former un parti, dans la propre Cour du Roi, contre le Roi lui-même, puisque publiquement j'affectais de ne point être l'esclave de sa maîtresse madame du Barry. »

Choiseul veut une explication publique. Il rédige deux longs mémoires justificatifs l'un de son administration aux Affaires étrangères, l'autre de son action à la Guerre. Options de fond, mise en œuvre, coût, intérêt pour le pays : il lit ces plaidoiries au Conseil. Terray se tait. Le roi demande les mémoires pour les relire. On ne parle plus à Choiseul de lui couper les crédits.

« On continua cependant toujours à attaquer mon administration ; mais ce fut par des manœuvres plus cachées et en cela plus sûres. »

C'était assez étrange, il n'aimait pas les officiers des parlements, et il passait pour leur allié, dans leur travail de sape de la monarchie. Il avait de l'intérêt pour les idées neuves, les Encyclopédistes, il était ami de monsieur de Voltaire, et on le tenait pour conservateur, une fois pour toutes.

Sans doute était-il trop conservateur pour les novateurs, trop novateur pour les conservateurs.

Côté dames, le clan Choiseul est passé à l'attaque. Madame de Gramont a pris la tête d'un plan de vexation de « la Barry », comme elle l'appelle. On tourne le dos à la favorite, on l'ignore. On monte la dauphine et sa maison contre elle. Un jour, à Marly, à la table même du roi, les dames refusent de prendre place à côté de « mademoiselle l'Ange ». À Choisy, au début de l'été, elles vont plus loin. Un spectacle va être donné dans le théâtre du château. Bien avant l'heure de la représentation, madame de Gramont et les dames d'honneur de Marie-Antoinette occupent la totalité des places assises. Quand arrive madame du Barry, personne ne se lève. Madame de Gramont siffle des mots méchants. La favorite doit faire demi-tour.

Le roi met le holà. Il ordonne à madame-sœur de quitter la Cour.

Choiseul pense à partir aussi. « Les personnes en qui j'avais confiance me firent faire la réflexion très juste qu'il y aurait de l'avantage pour moi, vis-à-vis du public, à être renvoyé et même maltraité ; qu'il était plus noble d'être chassé par madame du Barry que d'avoir l'air de faiblesse de déserter après avoir combattu, et qu'en attendant l'événement, qui naturellement devait être fort prochain, je pourrais peut-être empêcher ou diminuer le mal que les projets du chancelier [1] ou de l'abbé Terray pouvaient faire au royaume. »

Le public, lui, compte les coups. Les chansons prolifèrent. L'une d'elles fait dire à Choiseul :

Vive le roi, foin de l'amour.
Le drôle m'a joué un tour
Qui peut confondre mon audace.
La du Barry, pour moi de glace,
Va dit-on changer mon destin.
Jadis, je dus ma fortune aux catins.
Je leur devrai donc ma disgrâce !

J'ai cru longtemps, rapportant les choses à moi, que c'était dans l'ordre de la passion amoureuse que l'on souffrait le plus. Mais ayant regardé des années

1. Maupeou, qui lui aussi marque de l'opposition à Choiseul.

*monsieur de Choiseul, je crois à présent que c'est
dans l'ordre du pouvoir — cette autre passion.*

*De nous deux, je ne dirais pas que c'est moi qui
souffris le plus. Monsieur de Choiseul endura mort et
passion. À tout le moins, il endura bien plus par le
pouvoir qu'il ne trouva de plaisir à l'exercer.*

Je le jurerais. Lui le démentirait, sans doute.

Et l'affaire de Bretagne est repartie. De leur
exil, les magistrats rennais ont applaudi à la
destitution de d'Aiguillon. Mais cela ne leur
suffit pas. Le nouveau gouverneur met fin à
leur exil en mars 70. Ce n'est pas assez, toujours pas. Les Bretons veulent que d'Aiguillon
soit jugé.

D'Aiguillon, de son côté, contre-attaque. À
son tour il exige le jugement des officiers bretons.

Le Grand Conseil décide de porter le double
procès devant le parlement de Paris siégeant en
cour des pairs [1]. L'enquête est ouverte en avril.
Des deux côtés, on se déchaîne. Les magistrats
bretons accusent d'Aiguillon de falsification de
documents, de subornation de témoins. Mais
d'Aiguillon a l'oreille du roi, via la fidèle affection de la du Barry. « Il avait persuadé au Roi

1. Car d'Aiguillon est duc et pair.

qu'il était le martyr de son autorité et de son dévouement à sa Personne. » Et fin juin 70, Louis XV met un terme à la procédure engagée contre le duc. « Sa Majesté se manquerait à elle-même si elle soumettait à une discussion judiciaire le détail du gouvernement de son royaume. Elle est convaincue que le duc d'Aiguillon n'a fait qu'un usage légitime du pouvoir qui lui a été conféré. Elle lui doit d'anéantir tout ce qui pourrait altérer son honneur. »

Le roi a parlé. Il n'y aura pas de procès d'Aiguillon. Les robins n'auront pas le plaisir de juger un duc et pair.

« Il aurait mieux valu pour monsieur d'Aiguillon, note Choiseul, que son procès eût été continué et terminé. » Il pouvait en sortir réhabilité, peut-être, au lieu que, refusant d'être jugé, il apparaît un homme sans honneur. Simple confirmation de l'évidence pour celui qui le connaît depuis vingt-cinq ans. « Je trouve que monsieur d'Aiguillon est un homme qui est né jugé. »

Les parlementaires parisiens voient rouge. Le 2 juillet, ils rendent un arrêt qui innocente les Bretons, et ils condamnent d'Aiguillon à ne plus apparaître dans la dignité de pair jusqu'à ce qu'il soit disculpé.

Voilà les couteaux tirés à nouveau. Choiseul essaie de se faire tout petit. Il ne peut pas supporter d'Aiguillon, et il n'est pas fâché de voir l'homme qui veut sa perte en difficulté. D'un autre côté, il n'a pas intérêt à être étiqueté pro-parlementaires, c'est-à-dire opposant du roi.

Le 10 juillet, en effet, le parlement de Paris va en corps présenter ses remontrances à Louis XV. Tous les parlements de province font savoir qu'ils sont solidaires.

C'est comme ça ? Le 31, le Conseil du roi interdit toute correspondance entre les parlements.

Pendant ce temps, madame de Gramont en fait trop, à son habitude. Censée prendre les eaux dans les Pyrénées, elle va voir les magistrats de Bordeaux, de Toulouse, et jusqu'à ceux d'Aix. On peut supposer qu'elle les encourage. Il est difficile de penser qu'elle en a pris l'initiative seule.

Les affaires du royaume le requéraient entièrement. Il se relevait la nuit pour écrire. Tout se présentait mal. Tout jouait contre lui.

S'il fut jamais heureux, je crois pourtant que ce fut cette année, cette terrible année 70. Madame du Deffand le voyait, qui me disait : C'est à ne pas croire, monsieur de Choiseul est en butte à l'hostilité générale ; le roi lui retire sa confiance ; les libelles et les ragots se font chaque jour plus mordants. Et il est plus gai que jamais.

Ceux qui n'ont pas le goût du pouvoir, comme moi, ne comprendront jamais qu'on voue ses forces et ses talents à conquérir puis à garder, au milieu de difficultés sans nombre, une position où l'on s'use autant, où l'on souffre ainsi, où l'on est à ce point contré, et décrié si méchamment ; et pour très peu de liberté d'action, pour des résultats discutables et d'accablantes déceptions.

Mais les gens de pouvoir voient les choses différemment. Ceux qui aiment le pouvoir pour lui-même en acceptent les servitudes à l'avance. Et même, ils veulent bien que le pouvoir ne soit que servitude, et que de leur passage aux commandes il ne reste que médisances, pis, s'il faut, qu'il ne reste rien. Peu leur chaut. Avoir le pouvoir, être au pouvoir *leur suffit.*

On dira qu'il en va de même de ceux qui ont le goût de la passion. On aura beau leur démontrer qu'il n'y a là que désir vain, manque, amertume, ils en conviendront, et ils se voueront corps et âme à la passion. L'auront-ils trouvée, délibérément ils iront s'y perdre. Se brisera-t-elle, ils l'entretiendront de toutes leurs forces. Et leur peine sera comme aux gens de pouvoir leur bonheur. Car à ce point d'intensité, souffrance et joie ne se distinguent plus.

Le 14 août, au mépris de la volonté royale, le parlement de Rennes condamne toute l'administration du duc d'Aiguillon.

Alors Louis XV fait donner le chancelier Maupeou. Fils d'un premier président du parlement de Paris, parlementaire lui-même, apparenté à la plupart des familles de robe, il pouvait être l'homme de l'apaisement. Choiseul l'espérait bien, et avait vu sa nomination aux Sceaux d'un bon œil en 68. Mais c'est le contraire qui se passe. Comme l'abbé Terray, à ce stade Maupeou est partisan de la fermeté.

Il met sur le métier une réforme destinée à enlever aux parlements tout pouvoir politique, pour ne leur laisser que leur pouvoir judiciaire. Le roi fait à nouveau venir les conseillers bretons à la Cour, à nouveau il les morigène. Il casse les derniers arrêts de Rennes.

Et le 2 septembre, il annonce un lit de justice pour le lendemain.

Choiseul ne veut pas y paraître. Impossible, fait-il savoir. Il doit chasser à La Ferté-Vidame, avec et chez le financier Laborde. Chasser, oui.

Le 3, le roi se rend à Paris, devant la Grand Chambre du parlement. Maupeou prend la parole le premier. Il réitère l'interdiction de poursuivre d'Aiguillon, et fait arracher des registres les arrêts concernant l'affaire. Puis le roi gronde, encore ; toute transgression de sa volonté sera punie.

La réforme Maupeou est prête en novembre. Le roi signe l'édit, communiqué alors au parlement pour être enregistré. Tout est dit dans le préambule : « Nous ne tenons notre couronne que de Dieu. Le droit de faire les lois par lesquelles nos sujets doivent être conduits et gouvernés nous appartient à nous seul, sans dépendance et sans partage. [...] Des parlements ont osé se proclamer les représentants de la nation, qualifiés pour donner force aux lois ou pour les rejeter. Ils élèvent ainsi leur autorité à côté et même au-dessus de la nôtre [...]. »

Impensable. Quant à la réforme, elle est simple. Les parlementaires, dorénavant, n'ont plus le droit de démissionner. Ils gardent leur pouvoir de remontrance, mais leur avis donné, qu'ils soient d'accord ou non, ils ont l'obligation d'enregistrer les ordonnances, les lois et les édits royaux.

Les magistrats, bien sûr, y vont d'une flopée de remontrances. Louis XV tient encore un lit de justice, pour les contraindre à enregistrer l'édit de réforme.

Le moins qu'on puisse dire est que ce n'était pas la ligne Choiseul. Le roi, entre-temps, a été informé des manœuvres entre Aix et Bordeaux de madame de Gramont. Richelieu, qui se trouve être gouverneur de Guyenne, n'a pas manqué de les lui rapporter.

Et Louis XV a encore un différend de fond avec Choiseul, quant à la politique étrangère. Une étincelle a jailli dans les relations anglo-espagnoles, qui pourrait bien mettre le feu, et l'on dit que Choiseul n'en est pas mécontent. Voilà des années que l'Angleterre et l'Espagne se disputent les Malouines. Elles y cohabitaient tant bien que mal quand, un jour de 1770, les Anglais donnent aux Espagnols six mois pour déguerpir. Les Espagnols répliquent en envoyant de Buenos Aires cinq frégates aux Malouines. On est le 10 juin 70. Y a-t-il là *casus belli* ? Choiseul ne cherche pas la guerre. Il multiplie, c'est un fait, les entremises et les propositions de compromis. Mais si la guerre éclate, il entend être prêt.

Il tient l'occasion de sa revanche sur l'Angleterre, glisse madame du Barry au roi ; il ne va pas la laisser échapper. C'est l'abbé de Ville qui le lui a dit, le premier commis aux Affaires étrangères.

L'abbé de Ville, ou de La Ville, est un ancien jésuite. Il œuvre depuis des années aux Affaires étrangères : il y était commis déjà lorsque Choiseul fut envoyé ambassadeur à Rome. Le monde est tout petit. L'abbé confirme : les escadres sont en état d'alerte, tout est prêt pour que les troupes soient opérationnelles au début de 71.

Le 23 décembre, le roi a une explication avec son ministre. Il ne veut pas la guerre. Va-t-on comprendre que le roi, c'est lui ?

Le lendemain, 24 décembre, il écrit trois lignes à Choiseul : « J'ordonne à mon cousin le duc de Choiseul de remettre sa démission de sa charge de secrétaire d'État et de surintendant des postes entre les mains du duc de La Vrillière et de se retirer à Chanteloup jusqu'à nouvel ordre. »

XXIV

Noël ! Apothéose pour Choiseul ! Jamais banni ne fut plus applaudi. Le duc quitte Versailles dans la matinée. Quand il arrive à son hôtel, à Paris, il y a déjà foule dans la rue. On le fête. On conspue le roi. Les parlementaires se succèdent, et bien d'autres, tous ceux qui n'ont plus ni sympathie ni respect pour Louis XV, tous ceux qui ne veulent plus de la monarchie absolue.

Cela fait du monde. L'embouteillage bloque le quartier vingt-quatre heures. Choiseul est devenu le héros de la lutte contre l'absolutisme. On vend son portrait dans les rues. On vient apposer son paraphe sur les feuilles qu'il a fallu placer à l'entrée de l'hôtel, rue de Richelieu. Condoléances ? Non. Félicitations ! Noël !

Quand nous prîmes la route de Chanteloup, le 25, il nous fallut trois heures pour sortir de Paris. On escortait notre carrosse.

Monsieur de Choiseul s'était déjà redessiné un futur. La Barry n'était pas éternelle, le Roi non plus. L'opposition à la monarchie ne pouvait aller qu'empirant. Sitôt que le Dauphin accéderait au trône, il rappellerait un ministre chassé par pur caprice. La Dauphine l'exigerait.

Monsieur de Choiseul était loin, des mines de fureur et de délectation se disputaient son visage. Et moi, je devais faire effort pour ne pas laisser éclater ma joie. Je partais pour l'endroit que j'aimais le plus au monde, en compagnie de celui qui m'était cher entre tous. Nous allions être sous le même toit, jour et nuit, plusieurs mois, sans doute, plusieurs semaines pour le moins. J'allais tout faire pour redevenir jeune et jolie. Peut-être monsieur de Choiseul me regarderait-il ? Il allait avoir moins à faire. Peut-être aurait-il plaisir à ma compagnie ?

Ah, on veut que Choiseul s'éclipse ? Qu'il courbe le col et s'efface ? Eh bien, on va voir.

On va voir sa maison briller dans la nuit plus que le Palais royal au soleil. On va voir y converger tout ce qu'il y a de noble et de libre dans le royaume, d'insolent, de valable.

Et lui, l'exilé, on va le voir plus droit et plus

conquérant que jamais ! Plus inventif, plus atti-
rant. Plus entouré, plus courtisé qu'il ne le fut
quand il était en cour.

L'usage veut que le nom d'un proscrit ne par-
vienne plus aux oreilles du roi. L'usage est respecté. Le roi n'entend plus prononcer le nom de
Choiseul. Mais il n'entend parler que de lui. On
ne dit pas Choiseul, on dit Chanteloup.

Depuis neuf ans qu'on y travaille, Chanteloup, le château, le parc, est à son apogée.
Simple splendeur des grands corps de bâtiments
bas, raffinement de la décoration et de l'ameublement, dernier cri du confort et luxe de la
tradition : une merveille. Une provocation par-
faite.

En 1769, la pièce d'eau centrale a été mise en
eau, et la grande cascade mise en herbe. Un
canal long de plus de treize kilomètres relie la
pièce d'eau aux étangs des Jumeaux, dans la
forêt. Un vrai navire, *La Frégate,* lève l'ancre à la
demande. Un autre bateau suit, chargé des
musiciens qu'on veut.

En 70, on a doublé de colonnades les façades
de l'avant-corps. On va agrandir les communs.
La mode est aux fabriques, on pourrait en
planter ici ou là. Les projets d'embellissement
naissent le matin. Les rêves de la nuit sont aussitôt dictés aux architectes.

« Il ne verra que sa famille, a dit le roi, et ceux
à qui je permettrai d'y aller. » Il va s'ennuyer à

mourir. Il dépérira. On l'aura oublié dans six mois.

Allons ! Choiseul pour la première fois s'y installe, et Chanteloup devient le château de la liberté, la capitale de l'esprit critique. On se fait un honneur d'y aller bien ouvertement.

Les proches parents, tout de suite, dans les roues du banni : madame-sœur, et messieurs-frères, les deux, Jacques, le militaire, et Léopold, le cardinal-évêque ; Gontaut le beau-frère ; Praslin le cousin ; le beau Lauzun, comme on dit maintenant ; l'abbé Barthélemy, qui fait partie de la famille, qu'il le veuille ou non.

Mais encore les amis, qui n'ont pas demandé la permission, et qui prennent des risques : la maréchale-peste de Luxembourg, le baron de Besenval, le fidèle Gleichen ; le prince et la princesse de Beauvau, qui font dire à madame du Deffand — pourtant très économe de son admiration — de la princesse qu'elle a montré « un courage indomptable », et du prince : « La gloire est sa passion, rien ne lui fait peur ; l'exil, la perte du commandement [1] sont des bagatelles en comparaison de l'honneur qui résulte d'assurer sa liberté, de se garantir du pouvoir arbitraire. »

---

1. Le prince de Beauvau-Craon était gouverneur-commandant du Languedoc, gouvernement qu'en effet le roi lui reprit en punition de sa fidélité à Choiseul.

Ceux-là s'installent. D'autres défilent, beaucoup d'autres. Au point que le roi, un jour qu'on lui demande si l'on peut aller à Chanteloup, répond, sauvant de son autorité ce qu'il peut : « Je ne le permets ni ne l'interdis. »

Madame de Gramont fut à Chanteloup en janvier. J'avais rêvé la laisser derrière nous, avec ma vie passée. Je rêvais. Elle s'installa à demeure.

Elle aurait pu continuer à vivre à Paris. Mais qu'aurait-elle été là-bas ? La sœur d'un ministre en disgrâce ? Elle préférait être reine à Chanteloup.

L'éclipse sera brève. Il faut qu'on s'en souvienne dans des siècles comme d'une magie, d'un renversement, des premiers jours d'une seconde vie.

On arrive sans cesse à Chanteloup. Les écuries sont trop petites. L'aile des invités ne désemplit pas. L'aile des grands salons et de la galerie des fêtes brille toutes les nuits.

Les trois cents domestiques n'arrêtent pas — les jardiniers, les palefreniers, les vachers, les bergères, ceux qui sont chargés des pigeons, celle qui garde les dindons ; les cuisiniers, les pâtissiers, les dentellières, les tailleurs ; les femmes et les garçons de chambre ; ceux qui sont à Chanteloup à demeure, ceux qui n'y sont que pour un mois ou deux ; ceux qui sont arrivés en janvier dans le train du proscrit, qui, lui, n'a congédié personne ; celle qui a pour tâche de préparer les « nœuds [1] » que les dames et les messieurs joueront à faire le soir ; ceux qui s'occupent des bougies, et d'appareiller tout le jour les lustres qui éclaireront la nuit. Tournent, turbinent.

Choiseul dirige Chanteloup comme il a dirigé la France. Il veille à tout, sur le pont du matin au soir. Il choisit les meilleurs ministres. Il a les idées, mais les plans, il les tire avec les experts. Il délègue autant que possible. Il récompense les succès et ne pardonne pas les fours.

Le matin, il ne voit personne. C'est-à-dire qu'il voit ses gens. Ses commis, les grands, les petits. Tous défilent dans son bureau. On parle vins, récoltes. Chevaux, bêtes, bestioles. Gibier, plan de chasse. Entretien, restaurations, constructions. Pierre et eau, terreau, bulbes rares. Marbres, glaces, marqueterie.

À onze heures on entre dans le détail de la journée. La maîtresse de la maison est arrivée. La conférence dure jusqu'au dîner-déjeuner.

---

1. Distraction à la mode à l'époque dans le grand monde, et consistant à faire, avec une navette et de la soie, des nœuds serrés les uns contre les autres.

Tout doit être parfait. Combien sera-t-on à dîner, à souper ? Qui s'annonce, qui part ? On revoit les menus, le placement à table. Chassera-t-on l'après-midi ? De quel côté ? Tout est-il bien prêt pour le soir ? Le concert ou la comédie — varier les plaisirs est la seule obligation —, l'opéra ou le bal ? Dedans, dehors ?

On dîne à deux heures, assez vite. En une heure on en a fini. De ce moment, Choiseul ne s'appartient plus. Serviteur ! Serviteur du panache et du défi. Après dîner, c'est le ciel qui commande. S'il fait beau temps, on chasse. Mauvais, on joue. Billard, trictrac, bouillotte, cavagnole : il y a un salon pour chaque jeu. Et des salons pour la musique. On en joue comme on rit, à Chanteloup, comme on boit, comme on danse : sans arrêt. Choiseul est à la flûte, au clavecin. Il chante.

Vers sept heures, chacun se retire et va s'habiller. C'est toute une affaire. Se coiffer : tout un art, des deux, trois heures pour les dames.

La nuit tombe et le duc est nu. Tout le monde est parti. Le duc a peur, il ne sait pas de quoi. Il sait trop, d'être mort déjà, lui qui se sent si fort. Il règne, mais sur quoi ? Sur un village de valets et de chambrières. Sur un théâtre de crâneurs en dentelle, de figurants qui n'auront jamais plus de rôles.

Il n'y croit plus. Peut-être que personne autour de lui n'y croit. Il y a quelque chose qui lui fait mal au milieu du corps, tout à coup. Il va tomber.

Il lui faut un giron où cacher sa figure, des mains sur les oreilles. Et qu'on le berce ! qu'on le berce.

À dix heures, il est pétulant. Il a un nouvel habit, vert canal, avec des guirlandes brodées, rose et or, qui ont demandé six mois de travail.

On passe à table. On y reste longtemps : souper n'est pas dîner. On est prévenu de ce qui va suivre, on le croit du moins. On se retrouve au théâtre, ou au biribi [1]. On danse, on est entraîné dans le parc par des lumières sur l'eau, des trompettes : une fête nautique inopinée.

Ceux qui n'en peuvent plus vont se coucher à deux heures du matin. Les autres parlent jusqu'au petit jour. Choiseul est le dernier à s'en aller dormir. Ses fidèles entre les fidèles sont comme lui, ils se trouvent mieux là, les uns contre les autres, que couchés dans le noir. À cette heure de la nuit, tout est possible, pour peu que l'on ne soit pas seul.

On refait le monde, qui n'attendait que ça. Louis XV est mort. Il s'est empoisonné lui-même en se trompant dans ses mélanges. Monsieur de Choiseul forme son gouvernement.

1. Sorte de loto géant.

Madame de Brionne fut à Chanteloup au prin-
temps. C'était courageux de sa part, étant donné sa
place à la Cour, et qu'elle dépendait entièrement du
Roi. Elle serait venue plus tôt, du reste, sans cet
emploi. À peine avait-elle su le renvoi de monsieur de
Choiseul, elle avait demandé au Roi de bien vouloir
la démettre de sa charge de grand écuyer, au profit de
son fils, le prince de Lambesc, qui avait atteint ses
vingt et un ans. Le Roi ne pouvait ignorer la raison
de cette requête. Il y consentit, cependant. Il aurait
pu déposséder madame Le Grand et son fils de tout
revenu.

On installa madame de Brionne dans un appar-
tement à l'ouest qui fut le sien désormais.

Je fus aussitôt sous son charme. Je me rappelle une
grappe de fleurs d'acacia qu'elle avait à l'épaule
quand nous fûmes présentées, qui embaumait. Je la
voyais pour la première fois, et jusque-là, je dois le
dire, j'avais des préventions sur elle. Mais c'était une
femme aussi bonne que belle, généreuse, et d'une
intelligence hors du commun. Elle avait souffert de la
mort d'un époux auquel elle était attachée.

Je comprenais l'amour qu'on lui portait. C'est peu
dire. À la voir, j'eus la certitude que monsieur de
Choiseul avait trouvé sa femme. Je me faisais
l'impression d'être par erreur à sa place. Je ne pou-
vais pas m'en aller, mais je pensais et repensais aux

circonstances singulières de notre mariage. Monsieur de Choiseul, lui aussi, avait été marié. Il ne m'avait pas véritablement choisie.

Et j'étais si gauche, si hésitante. Je crois que je l'étais de plus en plus. Après plus de vingt ans de mariage, et douze à la Cour, je me trompais encore dans le protocole, je confondais les titres, les grades. Je mettais madame de Gramont à la place de madame de Brionne, et madame de Brionne à ma place. Si je chantais, il m'arrivait de devoir m'arrêter, étranglée par je ne sais quoi. J'aurais voulu qu'on me fît grâce de l'obligation de vivre.

XXV

Il n'y a qu'un problème.

Un problème ? Allons, c'est trop dire. Un contretemps. Question de calendrier, rien de plus.

Il n'y a qu'une ombre au tableau : Choiseul a perdu les revenus considérables de ses charges considérables.

Mais non, pas tous. Il est toujours colonel-général des Suisses et Grisons. Charge idéale, celle-là, inamovible, légère au point que l'on peut l'exercer en résidence surveillée, et d'un rapport de cent mille livres l'an.

Cent mille livres… Quand on en a eu huit cent mille…

Bien sûr. Mais la duchesse est riche.

Elle était riche.

Elle est née Crozat.

Il y a longtemps. Qui sait ce qui reste de sa fortune ? Et le duc est couvert de dettes. Les

créanciers se sont tenus à distance aussi longtemps qu'il a été puissant. Il ne l'est plus.

Quand même, un duc et pair. Et détenteur
d'un patrimoine énorme, l'hôtel Crozat, ses ter-
rains, ses collections ; Chanteloup, son mobilier,
ses tableaux. Les créanciers sont tous les
mêmes, ils attendent leur heure. Pourquoi se
fatiguer à des rappels et des poursuites ? Choiseul n'a pas d'enfants. À sa mort, ses biens
reviendront à qui de droit. Il y en aura pour tout
le monde.

Soit. Mais en attendant, la vie à Chanteloup
est ruineuse.

Et alors ?

Alors comment payer les fournisseurs ? la
valetaille ? les entrepreneurs ?

Parbleu, par d'autres dettes. Simple affaire de
trésorerie. Certes il ne faudrait pas que l'exil
s'éternise, mais pourquoi s'inquiéter ? Le trio
Maupeou-Terray-d'Aiguillon n'est pas infail-
lible. Encore un peu de temps, et il aura déçu le
roi. On sera bien heureux de rappeler un
ministre d'expérience.

*Il entrait de la vanité dans ce désir d'entretenir
une vraie cour à Chanteloup, mais il y avait là aussi
quelque chose de gratuit. Monsieur de Choiseul voulait créer de la magnificence et l'offrir, sans autre*

264

propos. Par-delà le dépit et l'esprit de revanche, par-
delà l'orgueil et la volonté de puissance, même et sur-
tout dans la disgrâce, il y avait là une forme de géné-
rosité apparentée, me semblait-il, à celle qui anima
Dieu quand Il créa le monde.

Car dans un cas comme dans l'autre, et toute pro-
portion gardée, l'ordonnateur de la splendeur
n'excluait pas de se perdre dans l'entreprise.

La politique suit son cours. De Chanteloup,
on la regarde. On tend le cou. Comment pour-
rait-elle aller droit, sans le bras de Choiseul ? On
croit la voir trébucher, chaque jour. C'est qu'on
est loin, on la voit mal. Car à vrai dire, elle va
d'un bon pas. Maupeou a poussé jusqu'au bout
sa réforme. Il a dissous les parlements de Paris,
de Douai, de Rouen, d'Artois, il les a remplacés
par de simples cours de justice. C'en est fini de
la vénalité des charges. La justice est gratuite et
les juges appointés, vous imaginez ? Révocables.

Et cela passe. Les salons ricanent, mais l'opinion publique approuve. Les nouveaux tribunaux fonctionnent.

Même Voltaire, si proche des Choiseul,
applaudit. Louise-Honorine en est troublée.

Les invités se suivent et se multiplient,
Louise-Honorine s'y perd. Elle ne dort pas
assez. Depuis son mariage, elle n'a pas eu son

soûl de sommeil une fois. Un jour, après dîner, elle tombe sur madame d'Invault.

— Madame, vous ici ? Comment êtes-vous arrivée, que je n'en aie rien su ? N'êtes-vous pas fatiguée du voyage ?

Un silence s'est fait. Plus personne ne bouge. Puis c'est un éclat de rire général. Madame d'Invault rit aussi, fort et jaune. Elle est à Chanteloup depuis deux jours.

Il y en a un qui ne rit pas, c'est l'abbé. Le grand ami. Il se retient de prendre Louise dans ses bras. Il la perdrait. Depuis si longtemps qu'il vit dans son ombre, dans les combles de sa maison, dans le brouhaha de sa suite, il a fini par vivre pour elle.

Elle non plus ne peut plus se passer de lui. Fait-il un saut à Paris, elle écrit à madame du Deffand : « Je suis si véritablement malheureuse par cette contrariété, toute la journée du matin au soir, qu'au moment où je vous écris je suis prête à en pleurer. Je vous en fais l'aveu pour le besoin qu'on a de crier dans la douleur. Pour Dieu, ne le dites à personne, à personne au monde, pas même au pauvre abbé que cela tourmenterait. Je préfère le lui dire à son retour. »

Il l'aime. Elle a besoin de lui. Un abbé aimait une femme qui aimait son mari.

L'abbé Barthélemy aurait pu faire une œuvre. C'est un grand numismate. Il fait le secrétaire. Il aurait pu être un bel écrivain. Son *Voyage du jeune*

Anacharsis en Grèce sera un classique, plus tard. Pour le moment, à Chanteloup on lui demande d'amuser. Il écrit *La Canteloupée, ou la Guerre des puces contre madame la Duchesse de Choiseul*.

Il n'y a qu'une chose qu'il fasse à fond, c'est souffrir. Il souffre de tout faire à moitié. Il souffre d'être un demi-prêtre, cédant autant qu'il peut à la tentation. Il souffre d'aimer à moitié, et de l'être à moitié.

Il souffre de travailler mal. Lui qui aimait tant ça. Qui avait tant à faire. Il n'a plus de plaisir à travailler ainsi, à moitié. Il est tenté tous les jours d'arrêter, de ne plus rien faire.

Mais s'il cesse de travailler, s'il laisse courir sa pensée, alors il souffre à devenir fou.

La vie à Chanteloup m'était une joie et mille soucis. Nous avions plus de gens que d'invités — on a dit que ces gens étaient des centaines, il se peut — mais il fallait les diriger. Ces troupes avaient leurs capitaines, le majordome, l'intendant, le maître d'hôtel, le chef de cuisine, le capitaine des chasses, l'écuyer, il n'empêche : c'est moi que monsieur de Choiseul aurait regardée, mortifié, si le gibier avait été servi trop frais ou si quelqu'un de ses amis, arrivant, avait trouvé son appartement habituel occupé par un tiers.

Madame de Gramont ne s'occupait de rien. Rien

pourtant ne lui échappait. Elle me faisait compli-
ment — Vous vous acquittez si bien de ces tâches.
Toujours devant témoins — Vous avez cela dans le
sang. Parfois elle appuyait : — Tout le monde n'est
pas de ce bois.

J'avais compris. Jamais elle ne s'adressait à moi
que pour me rappeler ce qu'elle était et que je n'étais
pas.

C'était mon bien, pourtant, que mangeaient tous
ces talons rouges. C'était la sueur du gros Crozat
qu'ils faisaient partir en fumée dans des brûle-par-
fums de vieux Marseille et buvaient dans des verres
de Bohême, croyant boire un tokay précieux.

Mais mon argent ne me valut jamais que du
mépris. Quelquefois même un air comme de dire :
Estimez-vous heureuse qu'on en veuille bien, et
qu'on s'emploie à le faire disparaître.

Louis XV a congédié Choiseul, il l'a exilé. Fin
1771, il lui coupe les vivres. Il lui retire le seul
revenu qui lui reste en le sommant de
démissionner de sa dernière charge, celle de
colonel-général des Suisses.

Choiseul a un ami à la Cour en la personne du
comte du Châtelet, le fils de l'Émilie de Voltaire.
Le 2 décembre 71, d'Aiguillon, qui a fini par
obtenir le maroquin des Affaires étrangères, fait
savoir par écrit à du Châtelet la décision du roi.

Tout bien considéré, Sa Majesté s'est avisée « que le bien de son service ne lui permettait pas de laisser plus longtemps cette charge à monsieur de Choiseul et que quoique Elle pût la lui ôter, sans qu'il fût en droit de s'en plaindre et de prétendre un dédommagement, Elle voulait bien cependant lui en accorder un pécuniaire [...] ».

Sa Majesté est agacée. Elle n'a pas réussi à oublier Choiseul. Monsieur du Châtelet le savait, tout le monde le sait : « Le Roi était mécontent de ce qui se débitait souvent sur Chanteloup, des propos de vos amis, qui par leur chaleur vous faisaient le plus grand tort. »

Mais c'est d'Aiguillon qui a intrigué pour déposséder tout à fait son vieil ennemi. Choiseul le sait encore mieux. « Il fallait que le Roi fût poussé par la noire intrigue de monsieur d'Aiguillon pour vaincre l'espèce de honte qu'il sentait à me retirer cette grâce. Ce n'est pas que le Roi ne fût très hardi pour faire le mal ; il n'avait de courage que dans ce cas ; le mal qu'il pouvait faire lui procurait le sentiment de l'existence et une sorte d'effervescence qui ressemblait à de la colère. Alors ce pauvre prince sentait qu'il avait une âme ; il n'en avait pas pour faire du bien. Cependant, malgré cette malheureuse existence, sans monsieur d'Aiguillon, je doute que le Roi m'eût ôté ma charge. »

Le coup est rude pour Choiseul. Un quart de ses Mémoires y a trait, pour une demi-ligne à une jambe fracassée, une ligne à la mort d'une femme aimée. Ces Mémoires ne sont certes pas une relation bien bâtie, bien équilibrée. Choiseul est un homme d'action, un rapide. Le fait est pourtant que le dossier de la charge suisse figure au complet dans ses souvenirs, pièces et correspondance à l'appui, et que c'est le seul.

Choiseul ne pensait pas que la charge pouvait lui être retirée. Louis XV lui-même avait parlé d'inamovibilité le jour où, en 62, il l'avait distingué : « [...] après un Conseil, Sa Majesté m'appela [...] et me demanda si je savais à qui il donnait la charge. Comme je lui répondis que j'attendais qu'il me l'apprît, le Roi me dit qu'il me la donnait, en ajoutant que c'était d'autant plus volontiers que, *dans quelques circonstances où je me trouvasse, cette charge ne pouvait pas m'être ôtée* [1]. »

Du reste, à la Noël 70, quand il a renvoyé Choiseul, le roi n'a pas mentionné la charge des Suisses. « Le Roi ne pensait pas même qu'il pût me l'ôter ; car, dans son billet d'exil, il spécifiait chaque emploi avec exactitude. »

La charge a une histoire. Ses titulaires l'ont eue à vie. Le duc du Maine, compromis en 1718 dans la conspiration de Cellamare, et interné un an, l'a conservée malgré cela. Le maréchal de Bassompierre, grand-oncle de Choiseul, mêlé

---

1. C'est Choiseul qui souligne.

quant à lui en 1630 au complot contre Richelieu et embastillé douze années, avait retrouvé cette charge à sa sortie de prison.

Et Choiseul a besoin du rapport de la charge, il le dit sans couper les cheveux en quatre. « Je m'étais formé le plan d'une vie nouvelle, commode et heureuse, et la seule que je sentisse qui me convenait. Il ne me manquait, pour remplir la position dans laquelle je voulais finir ma vie, que l'acquit de mes dettes [...]. » Dettes dont du Châtelet parle à son ami en disant « vos dettes criardes », et qui tournent autour des deux millions de livres.

Jamais je n'ai connu plus sceptique sur l'homme et plus confiant en le Tout que l'abbé Barthélemy, mon ami.

L'abbé disait qu'il ne croyait pas en la liberté de l'homme, mais en la diversité des natures, toutes étant nécessaires, les aimables et les mauvaises.

Il disait : — Votre nature est la fidélité ; celle de monsieur de Choiseul la dispersion. Je corrigeais : — La nature de monsieur de Choiseul est la force, la mienne l'hésitation.

— Si vous voulez. Je ne dis pas que les natures soient simples.

— Et votre nature ? demandais-je. Quelle est-elle ?

— *Elle est parmi les plus risibles. Pour la chair :*
l'orgueil, l'erreur, le manque ; pour l'esprit : la
révolte réprimée par la timidité.

— *Moi aussi, rétorquais-je, ma nature me porte à*
la révolte ; non, comme vous croyez, à la sagesse.

— *La révolte la nuit, la sagesse le jour. Et ainsi de*
suite. La sagesse reprenant tous les jours le pas sur la
révolte. Je ne dis pas que les natures soient étales.

— *Au total tout est bien ?*

— *Tout est grâce. Il nous faut le croire.*

Il y a encore une dimension de la brimade qui
fait mal à Choiseul, c'est son côté coup de pied
de l'âne, vengeance à froid, ultime dureté « après
un an d'exil sans nouveau motif de mécontentement possible de la part du Roi ». Du Châtelet
lui-même en est choqué, il le dit à la du Barry :
« C'était pousser l'acharnement aussi loin qu'il
pouvait aller que de dépouiller, sans nouveau
motif ni prétexte, d'une charge très considérable
un homme qui avait eu le malheur de déplaire au
Roi depuis un an et qui vivait tranquillement
chez lui en philosophe. »

Tout ulcéré qu'il est, Choiseul reste diplomate.
« Sire, écrit-il au roi, j'ai été pénétré d'étonnement en lisant la lettre de monsieur d'Aiguillon à
monsieur du Châtelet sur la charge de colonel-
général des Suisses [...]. » Il ne refuse pas

d'obtempérer. « Je ne donnais ni ne refusais ma démission par cette lettre. »

Le roi reste de marbre. Il reprend la charge. Il refuse la lettre de Choiseul que veut lui remettre du Châtelet (« Il est venu à moi, m'a fait reculer et m'a dit assez bas [...] : "Vous voici donc arrivé, monsieur du Châtelet ; voyez monsieur d'Aiguillon et montrez-lui tout ; c'est lui que j'ai chargé de m'en rendre compte" »).

Entre le 3 et le 15 décembre, les courriers se croisent, Versailles-Chanteloup, Chanteloup-Versailles. Du Châtelet supplie Choiseul de démissionner, sans quoi on lui enlèvera la charge sans compensation. « Au nom de Dieu, ne vous échauffez pas la tête et songez que rien ne résiste à la force, quand l'emploi en est confié à la méchanceté. »

Choiseul voudrait savoir qui va lui succéder. Si c'est un de ses ennemis, il ne démissionnera pas. Du Châtelet croit savoir qu'il s'agit d'un des « fils de France », un des petits-fils de Louis XV [1]. En ce cas, Choiseul pourrait se soumettre. Et puisque le roi parle de compensation, il voudrait plus que tout retrouver sa liberté ; et il lui faut quelques ressources, moins pour lui, du reste, que pour sa femme : « Il ose représenter que, malgré madame de Choiseul, mais par égard pour elle, il doit [...] représenter au

1. En effet la charge ira au comte d'Artois.

Roi qu'il a dépensé, soit dans les ambassades, soit dans le ministère, une partie très considérable de sa fortune ; que jamais il n'a été demandé pour elle au Roi aucun bienfait, ce qui est sans exemple pour les femmes dont les maris ont été dans le ministère ; et qu'il ne serait pas décent de ne pas solliciter pour elle les bienfaits du Roi, de préférence aux dédommagements que le Roi veut bien lui permettre de demander pour lui-même. »

Il ne sait pas, Choiseul, que sa femme a pris la plume, elle aussi. Louise-Honorine a prévenu du Châtelet qu'elle refusera tout avantage financier, en raison, dit-elle, de l'injustice faite à son époux.

La liberté, c'est non. Le roi ne veut pas faire ce plaisir à Choiseul. « Il est bien heureux que je l'aie envoyé à Chanteloup, écrit-il à d'Aiguillon, et je ne veux pas lui permettre d'en sortir. Je consens cependant, par bonté, à lui accorder deux cent mille francs de gratification sur la charge, réversible sur la tête de madame de Choiseul au cas qu'elle lui survive. Voilà ma détermination et n'en parlons plus. »

Pour finir ce sera « cent mille écus d'argent comptant », plus une pension de soixante mille francs, dont cinquante mille réversibles sur madame de Choiseul.

« Je suis au dernier comble du dernier désespoir », écrit du Châtelet ; et Choiseul : « Ni moi ni madame de Choiseul ne fîmes de remerciements ; l'injustice et surtout la manière dure que l'on avait employée nous dispensaient de la reconnaissance. »

XXVI

C'est la banqueroute ? Vive la banqueroute !
Brille, rayonne la banqueroute de Choiseul,
parmi les derniers feux de l'Ancien Régime.

Les travaux d'embellissement de Chanteloup
n'ont jamais cessé, ils continuent. On modifie
encore les façades, on leur ajoute encore des
colonnades. On a toujours autant d'invités, on
construit pour eux de nouveaux appartements.
On agrandit les communs vers l'ouest, vers le
nord. On bâtit des écuries neuves, de grandes
écuries de marbre.

Côté parc, on fait planter un jardin anglo-chi-
nois, avec rivière artificielle, théâtre de verdure,
fabriques. À la mode, à la mode. On refait la
grande cascade sur un dessin changé. Le Camus
n'en peut plus. Il se fait épauler par Le Rouge.
C'est qu'il n'est pas question de s'arrêter, Choiseul a des idées en rafale, un feu d'artifice ; une
idée, surtout, un soleil. Un projet ruineux,
délirant, splendide. Un monument à l'amitié.

Il n'a plus le sou ? Cette fois, c'est indéniable. Il vend donc. Il vend sa collection parisienne. Cent trente-cinq tableaux sont mis aux enchères au début d'avril 72. Un catalogue a été édité. Il y a foule. Succès mondain, ou soutien au disgracié : les enchères battent des records. Elles flambent, la foule applaudit. Grimm est là. « Cette vente est un des phénomènes les plus singuliers de l'histoire de l'art, note-t-il. On espérait en tirer au plus 100 000 écus et on a atteint 443 174 livres. » Le prince de Conti, à lui seul, a déboursé deux cent mille livres, pour soixante et un tableaux. Catherine II s'est offert des Murillo, la du Barry un Van Ostade.

Madame de Choiseul vend aussi, ses diamants (quelques-uns de), sa vaisselle plate (une partie de). Elle demande à madame du Deffand si des amis anglais ne lui trouveraient pas un acqué- reur pour un beau grand bureau dont, au fond, elle n'a pas besoin.

La domesticité de Chanteloup est réduite. On parle de plusieurs ménages qui doivent s'en aller et qui sont recasés chez des proches.

Gouttes d'eau. Choiseul est pris dans des rapides que rien n'arrêtera, il se soucie du sauve- tage de sa femme. Si lui est emporté, il ne veut pas qu'elle le soit. Il intente avec elle une action en séparation de biens. Le jugement est pro- noncé en mai 72.

Avec une telle assurance, la vie peut continuer

comme elle allait à Chanteloup. Madame du Deffand y est reçue comme une reine. Depuis plus d'un an, on la pressait de venir. Elle hésitait : l'âge, le long voyage ; la crainte de se voir couper sa pension pendant son absence ; la fureur dans laquelle ce projet mettait Walpole. C'est l'évêque d'Arras qui la décide. Il passait par Paris, sur la route de Chanteloup, il l'emmène. En chemin, les voyageurs lisent les *Questions sur l'Encyclopédie* de Voltaire.

À l'arrivée, ce sont « des cris de joie, des transports très naturels, très vrais, très sincères ». Madame de Choiseul a fait reproduire pour sa vieille amie son « tonneau » en deux exemplaires, l'un dans son appartement, l'autre dans un salon. La marquise est frappée par l'air de gaieté que l'on respire à Chanteloup, touchée par la délicatesse de madame de Choiseul, agacée aussi : « Il est fâcheux qu'elle soit un ange, j'aimerais mieux qu'elle fût une femme, mais elle n'a que des vertus, pas une faiblesse, pas un défaut. » Un cas d'espèce, c'est certain, sans équivalent dans aucun des bestiaires de l'époque, où les portraits sont innombrables, et plus vachards les uns que les autres.

Une fête brille entre toutes dans les annales de Chanteloup, pour son faste encore plus marqué que dans les années fastes. Elle a lieu le 26 juillet 1773, toute la nuit jusqu'au 27. On a illuminé le parc, il fait merveilleusement doux.

Le grand bateau brillant va et vient sur la pièce d'eau. Les concerts se succèdent. On danse.

Il y avait de la superbe dans cet entêtement à maintenir à Chanteloup un luxe princier, et il y avait du désespoir. Il y avait de la grâce, il y avait de la fureur.

Chaque instant de ces années 72 et 73 eut une intensité particulière. Chaque seconde était gagnée sur le désastre. Chaque arpège masquait le bruit si sourd, si lourd des pas de la menace qui se rapprochait. Chaque feu d'artifice renvoyait à l'ombre, dix minutes, l'éclat de sa faux dans le noir. On dansait.

Il y eut des moments où je connus un bonheur pur. L'été, ces années-là, fut somptueux. Monsieur de Choiseul était à tous et à toutes, et moi aussi, puisque j'étais à lui. Je l'aimais sans réserve, dans l'émerveillement et le renoncement. Il aimait au-delà de moi, ou il était très au-delà. Mais je n'attendais pas de lui qu'il m'aimât comme je l'aimais. J'ose dire : je l'aimais sans lui. Il n'y a pas plus grande joie.

Avec les premiers froids, la maladie s'abat sur Chanteloup. Monsieur de Choiseul tousse. Madame de Choiseul a si mal à l'estomac que des semaines entières elle ne mange rien. L'abbé Barthélemy a la fièvre quarte.

Les hivers précédents ont été moins durs. La fatigue se fait pesante. Cela va faire trois ans que Choiseul est à Chanteloup.

Les brouillards de la Loire se sont posés sur la campagne. Le jeune maître de clavecin, Van Egge, tombe malade à son tour. Il délire quelques jours et meurt.

Louise-Honorine en est désolée. Van Egge jouait à ravir, il composait, il improvisait, il enseignait avec autant d'invention. Il y a des contes où la mort attend pour entrer, derrière la porte, que la musique cesse.

Les parents du musicien en ont un second, aussi valable, quoique jeune, un autre Van Egge de onze ans.

Va pour le petit frère. On l'appellera Petit-Louis. Il est tendre et talentueux, on l'aime tout de suite. Louise-Honorine lui enseigne le français. Il lui fait travailler la musique.

Je ne peux laisser dire que ce fut monsieur de Choiseul qui s'alarma de voir mon Petit-Louis si tendre. Ce fut moi. Et à dire le vrai, ce ne fut pas l'attachement de mon musicien qui me parut déplacé, mais le mien.

Cet enfant n'était pas depuis deux mois dans la

maison que je ne pouvais plus m'en passer. Je feignis
plusieurs fois d'être malade pour l'avoir tête à tête.

Mais il allait grandir. Je devais lui donner sa
liberté.

Ce fut monsieur de Choiseul qui l'en informa. On
était dans l'admiration de ses dons, on voulait les
développer. On l'envoyait à Paris, chez Balastre, le
meilleur des clavecinistes, qui ferait de lui un grand
musicien.

À ces mots, l'enfant se jeta dans mes bras. Il me
supplia de ne rien changer à sa vie. Il refusa de se
nourrir. Le soir, il eut la fièvre.

Je restai de marbre aussi longtemps que mon petit
garçon fut à Chanteloup. Je ne pus assister à son
départ. Il dut m'oublier vite.

Mais le roi est malade, le roi a la variole noire.
De Chanteloup, on suit la progression du mal
jour après jour. Le roi devient noir, il empeste.
Le 10 mai 1774 le roi est mort.

Louis le Seizième n'est pas majeur. Il n'a de
goût ni pour le pouvoir ni pour les honneurs. Le
voilà roi de France.

Choiseul est sûr qu'on va le rappeler dare-
dare à Versailles. Louis XVI a besoin d'hommes
d'expérience à ses côtés, et vite. Les derniers
ministres de feu son grand-père sont en quaran-
taine, pour avoir approché le mourant. Du reste

Marie-Antoinette a horreur du trio Maupeou-Terray-d'Aiguillon, et de l'amitié pour Choiseul.

Mais le 12 mai, Louis XVI appelle Maurepas auprès de lui. C'est à cet ancien ministre écarté vingt ans plus tôt par Louis XV pour avoir brocardé la Pompadour qu'il écrit : « La certitude que j'ai [...] de votre connaissance profonde des affaires m'engage à vous prier de m'aider de vos conseils. »

Choiseul pourrait encore avoir les Affaires étrangères. Il possède comme personne sa géopolitique européenne, il est connu et respecté dans les chancelleries. Et il n'a que cinquante-cinq ans.

À la mi-juin, un courrier royal arrive à Chanteloup : Louis XVI rend à Choiseul sa liberté, et l'autorise à venir le voir à la Cour.

Choiseul est déjà en voiture. Il passe se laver les mains rue de Richelieu et déboule à La Muette, où se trouve le roi (Versailles est toujours susceptible de couver la contagion).

— Monsieur de Choiseul ! dit le roi. Vous avez engraissé. Vous perdez vos cheveux.

Vergennes vient d'être nommé aux Affaires étrangères.

Choiseul va passer la nuit chez Julie de Brionne et reprend la route de Chanteloup. Quand même, écrit madame du Deffand. Il aurait pu venir me présenter ses respects.

L'été à Chanteloup ressemble affreusement aux précédents. Musique, musique ! Musique à pleurer.

L'automne ramène les maux d'estomac, la toux. Les Choiseul rentrent à Paris. On époussette à fond l'hôtel Crozat. Choiseul y installe à nouveau son QG.

Il y reprend le rythme qu'il avait à Chanteloup. Le matin est consacré aux affaires — les créanciers, les dettes, les échéanciers — et l'après-midi à les oublier. Des cinquante, soixante amis se retrouvent jour après jour dans la grande galerie. Des petits maîtres ont remplacé les Rembrandt, mais c'est bien le seul changement. Pour le reste, c'est l'habitude : le pharaon, le billard, la bouillotte ; les potins presque en temps réel.

Vers neuf heures et demie du soir, le maître d'hôtel déambule entre les invités. Il les compte et calcule le nombre des tables à dresser. Choiseul a fait passer la mode des *soupers priés*. Chez les grands, maintenant, tout le monde l'imite : on tient table ouverte. On est riche ou on ne l'est pas.

Et la belle saison revient, la garce. On rouvre Chanteloup.

Autant monsieur de Choiseul avait été détaché du pouvoir quand il l'exerçait, s'en amusant comme d'un jeu, autant quand il comprit qu'il était écarté pour jamais du gouvernement, sa liberté fut empoisonnée d'amertume, et son loisir sans joie.

L'exil à Chanteloup ne l'avait pas tant affecté. C'était, après l'entente, la discorde avec le Roi ; monsieur de Choiseul était évincé, il en tirait de la fierté, sûr qu'on lui faisait un mauvais procès et que les faits lui donneraient raison. En un mot, c'était toujours le pouvoir, la face sombre du pouvoir, sa coulisse, un entracte.

Le mépris que montra Louis XVI était d'une autre dureté. Celui-là voulait dire : Nous vous connaissons bien, jamais nous ne ferons appel à vous.

On a beau prétendre chez les gens de pouvoir qu'on ne sait pas ce que jamais veut dire, monsieur de Choiseul fut touché au vif. Il me parut prendre conscience pour la première fois que sa vie et l'Histoire appartenaient au temps, et que ce qui avait été ne serait plus.

Avoir été aussi actif et ne plus rien avoir à faire ; si fort, si considéré et ne plus compter ; devenir pauvre en même temps que vieux ; ne plus être qui on était : ces déboires de puissants engendrent une forme particulière de mélancolie qui est très près de la misère.

Et ce marasme me gagnait. Il était loin, le temps où je me réjouissais d'avoir monsieur de Choiseul tout à moi. Jamais je n'étais celle qu'il fallait. Au

temps où il gouvernait le royaume, je n'avais pas su
la manière de le distraire des duretés de la tâche. À
présent qu'il ne gouvernait plus rien, je n'avais pas
non plus le pouvoir de l'en consoler.

Sans compter que mon bien avait fondu. Lui aussi
nous avait semblé inépuisable, et il touchait à sa fin,
lui aussi.

Écrire ? Choiseul n'est pas un homme à
trouver là une raison de vivre. Il a pas mal écrit,
pourtant, depuis qu'il n'est plus aux affaires,
mais c'était pour mémoire, pour l'Histoire, pas
pour le plaisir. Il s'y est mis à chaud, au lendemain de son renvoi. « *Facit indignatio versum.*
12 janvier 1771. Je veux, dans la première chaleur de l'événement, écrire l'anecdote de mon
exil ; car, comme je suis assez naturellement
indifférent sur les faits qui n'affectent pas mon
sentiment, je suis persuadé que dans un mois,
j'aurai oublié une grande partie des détails de
ma disgrâce ; d'ailleurs, soit par mépris des personnages dont j'ai à me plaindre, soit par dégoût
de m'appesantir sur le mal, même sur celui que
l'on me fait, si j'attendais plus longtemps à
écrire les portraits des acteurs de cette scène, les
couleurs qui me la représentent seraient fort
affaiblies.

« En 1768, il parut à Compiègne une femme

dans un équipage brillant, qui attira d'autant plus l'attention du public que les courtisans et les ministres découvrirent d'abord que cette femme était à Compiègne pour les plaisirs du Roi... »

Ensuite, Choiseul a repris la plume au gré de ses loisirs, dans le désordre, ficelant une liasse de vingt *lettres de Mémoires*, appuyant sur tel ou tel point — « Anecdote particulière à la cour de Louis XV », « Anecdote relative aux jésuites », « Intrigue de l'abbé Terray, de madame du Barry et du duc d'Aiguillon pour me faire renvoyer du ministère »...

C'est fini, maintenant, il n'y revient pas. Ce n'est pas quelqu'un qui récrit.

XXVII

Choiseul touche le fond. Et là, il a le geste le plus noble de sa vie. Il va le faire, ce monument à l'amitié. Il y pense depuis longtemps. Les plans sont prêts. L'argent manquait. Il manque maintenant cruellement. Pourquoi attendre, allons ! qu'on pose la première pierre de la pagode !

Sur une base circulaire, sept étages allant s'affinant jusqu'à finir en flèche ; à l'intérieur, trois fois rien, un escalier, une rotonde, et tout autour de la rotonde, gravés en lettres d'or sur des plaques de marbre, les noms de ceux qui sont venus le voir dans son exil : voilà ce qu'a imaginé Choiseul pour honorer la fidélité de ses amis à jamais.

La pagode est construite face au château, au milieu du parc. On verra de loin ses quarante mètres.

Choiseul a fait mettre au premier étage une première plaque, en marbre, où il est écrit (le texte est de l'abbé Barthélemy) : « Étienne-François, duc de Choiseul, pénétré des témoignages d'amitié, de bonté, d'attention dont il fut honoré pendant son exil par un grand nombre de personnes empressées de se rendre en ces lieux, a fait élever ce monument pour éterniser sa reconnaissance. »

Quant aux noms des personnes en question, Choiseul les fait bien graver dans le marbre et plaquer sur les murs de la rotonde — entre deux et trois cents, dit-on : car on pose les plaques retournées contre les murs. La liste d'or sera secrète. Publique, elle aurait fait courir un risque aux « personnes empressées ».

La construction de la pagode dure trois ans et coûte bien plus que prévu. Quarante mille écus, a-t-on dit. L'été, on illumine à la nuit la folie, on pose à chaque étage « un grand nombre » de lampions. On va y faire un tour après souper. On y écoute des concerts.

— La dispersion et la fidélité, me soufflait à l'oreille mon ami l'abbé. L'action et le marbre. Toutes les natures sont contradictoires.

C'est étonnant, quand même, qu'on l'ignore royalement. Qu'on n'emploie pas un peu son expérience. Il pourrait être tellement utile. Il voit si clairement les réformes à faire. Depuis son retour à la liberté, Choiseul multiplie les rapports. Qu'on le lise, au moins ! 1775 : « Réflexion sur la liberté de l'exportation des grains ». 1777 : « Observations sur la situation de la France pour l'année 1777 », « Projet de réorganisation des finances ». 1778 : « Réflexions sur l'établissement des États provinciaux », « Projets d'États provinciaux ».

Autant de bouteilles à la mer. Pas d'écho à la Cour. Pas la moindre mission.

En mars 78 Louis XVI reconnaît l'indépendance des États-Unis d'Amérique. Il rappelle l'ambassadeur de France à Londres. C'est la guerre, enfin ! La guerre contre l'Anglais. La revanche.

Cette fois Choiseul va être appelé. Consulté, pour le moins. La marine, l'armée, l'Anglais : personne plus que lui n'a réfléchi aux moyens de renforcer les unes pour diminuer l'autre.

Mais non. Pas un appel. Aucun signe qu'on se souvient qu'un monsieur de Choiseul a consacré des années de sa vie à préparer la revanche de la France sur l'Angleterre.

Choiseul écrit en hâte un « Plan de campagne contre l'Angleterre ». Ce sera son dernier rapport. On n'en fait pas plus cas que des premiers.

Je visitais madame du Deffand chaque semaine. Elle était très vieillie mais n'avait pas changé. C'était toujours la même antienne : Pleurez donc ! Laissez craquer un peu le vernis. On ne sait jamais ce que vous sentez.

Je souriais aussi longtemps que j'étais avec elle. Mais je ne sais pourquoi, sitôt dans ma voiture, en effet je pleurais. J'étais triste à mourir.

Madame du Deffand tomba en faiblesse à la fin août 1780. J'étais à Chanteloup. J'accourus.

Elle s'éteignit sans souffrir, le 23 septembre. Wiart, son secrétaire, me montra sa dernière lettre à monsieur Walpole. J'en sais quelques lignes par cœur : « Divertissez-vous, mon ami ; ne vous affligez point ; nous étions presque perdus l'un pour l'autre ; vous me regretterez, parce qu'on est bien aise de se savoir aimé. »

Si ce n'était là sagesse et détachement ! J'aurais pu signer des phrases pareilles.

Les créanciers, du coup, s'enhardissent. Attendre, attendre quoi ? Plus personne, monsieur le duc, ne mise sur votre retour en grâce.

Louis XVI prête quatre millions de livres. Ce n'est pas rien. Mais c'est encore un prêt.

Choiseul cède ce qui lui reste. Il commence par vendre à Laborde l'immense parc de l'hôtel

Crozat. Laborde y fera pousser le quartier où Choiseul a sa rue, celui de la Chaussée-d'Antin.

Il y a un terrain que Choiseul ne vend pas. Celui-là, il le donne. Les Comédiens-Italiens n'ont pas de salle de spectacle. Choiseul leur offre le terrain sur lequel ils feront construire le Théâtre des Italiens [1], en échange d'une loge à lui réservée.

Après le parc, il faut vendre l'hôtel. La maison des années de gloire. Laborde l'achète, encore lui. Il le démolit. Il lotit.

Choiseul et les siens s'établissent dans un hôtel plus ordinaire, rue de la Grange-Batelière.

Mais tout cela ne suffit pas. Il va falloir abandonner Chanteloup. Allons, ce n'est pas grave. On a la loge aux Italiens !

Trouver l'acquéreur n'est pas le plus long. Il n'y a que les princes pour s'offrir un château pareil. Le duc de Penthièvre [2] est intéressé. Mais ces gens-là savent acheter, ils discutent. La négociation n'en finit pas.

Choiseul n'a plus le sou. Ça l'assomme. Se mettre à compter, non. Plutôt mourir.

Et vite. À la fin d'avril 1785, il se couche. Il a attrapé froid. On dit fluxion de poitrine. On parle bas. C'est grave.

---

1. Aujourd'hui l'Opéra-Comique.
2. Le petit-fils de Louis XIV et de madame de Montespan est immensément riche.

Le malade prend ses dispositions par-devant les notaires Allaume et Giard de Valleville. Il précise qu'il meurt dans la religion catholique, apostolique et romaine dans laquelle il a vécu. Il dote ses gens, largement. À son ami du Châtelet, il lègue sa bibliothèque ; à son frère, le militaire, sa Toison d'or — mis à part « le diamant couleur de rose fixé en haut » qu'il destine à Julie de Brionne. Il embrasse sa femme et meurt le 8 mai [1]. Il laisse plus de dix millions de livres de dettes.

Un emploi à plein temps pour sa jeune veuve. Louise-Honorine a beau être séparée de biens du défunt, elle met un point d'honneur à régler la totalité de ses dettes. Chanteloup est vendu en 86, quatre millions de livres. Louise rembourse Louis, le roi, de son prêt. Pour le reste, c'est simple, elle se ruine.

Après quoi elle prend deux pièces au couvent des Récollettes, rue du Bac. Elle n'y a qu'une femme.

On me disait désespérée. Cela me revenait. Il semblait que je n'étais plus que l'ombre de moi-même. J'aurais dit les choses autrement...

1. Il aurait eu soixante-six ans le mois suivant.

Je ne pensais pas vivre bien longtemps, mais je n'appelais pas la mort. Je ne l'attendais pas. Je n'attendais rien.

Je ne voyais personne et jamais je ne m'ennuyais. Ni le monde ni la richesse ne me manquaient. Je me réveillais tôt. Ma vie avait été si agitée qu'enfin, la revivant, je la vivais au calme. Ces années que je passai seule furent comme une décantation de mon passé. Mon chagrin se posa au fond. Je n'allais pas le remuer. Le reste prit une clarté, une transparence rêvée. Je n'étais occupée que de monsieur de Choiseul. Il me manquait à un point tel qu'en un sens il était présent. J'avais vécu de sa présence et je vivais de son absence.

Éclate la Révolution. Le couvent est fermé. Louise trouve refuge au rez-de-chaussée de l'hôtel de Périgord, rue de Lille, change deux ou trois fois de logement, et échoue rue Saint-Dominique, au coin de la rue de Bourgogne. C'est là qu'on l'arrête, le 2 floréal de l'an II [1], sur ordre du Comité révolutionnaire de la Section des Invalides.

1. 21 avril 1794.

*Vous demandez tout compte fait si j'ai été heureuse ?
Vous autres, jeunes gens, n'avez plus à présent que cette
idée en tête. Nous avons été élevés à tenir la question
pour vaine, ou plus exactement à y répondre toujours
oui, si bien qu'il était vain de la poser.*

Oui, bien sûr, j'ai été heureuse

Madame de Choiseul survécut à la Terreur. Elle fut remise en liberté en octobre 1794, et vécut dans la solitude et la pauvreté jusqu'en décembre 1801. Elle mourut au même âge que son époux. L'abbé Barthélemy était mort en 95. Madame de Gramont, Lauzun et sa femme, monsieur et madame du Châtelet avaient été guillotinés.

SOURCES

Toutes les citations de Choiseul qui ne sont pas extraites de lettres de lui le sont de ses Mémoires. Celles du chapitre I de ce livre proviennent des chapitres II, III, IX et XI des Mémoires ; celles du chapitre II des chapitres IV, VI, VII, VIII, XI, XIII, XVI et XVII ; celles du chapitre III des chapitres IV, VII, IX et XIII ; celles du chapitre IV du chapitre X ; celles du chapitre V des chapitres X, XI, XII et XIII ; celles du chapitre VI du chapitre XIII ; celles du chapitre VII des chapitres XIII et XIV ; celles du chapitre VIII des chapitres XV et XVI ; celles du chapitre IX du chapitre XVI, celles du chapitre X des chapitres XVI et XVII ; celles du chapitre XI des chapitres XVII et XVIII ; celles du chapitre XII des chapitres XVIII, XIX et XX ; celles du chapitre XV du chapitre XXI, celles du chapitre XXII du chapitre XXII ; celles du chapitre XXIII des chapitres XXIII et XXIV ; celles du chapitre XXV des chapitres XXIV, XXV et XXVII (les lettres de monsieur du Châtelet sont incluses dans les chapitres XXV et XXVI) ; celles du chapitre XXVI du chapitre XXII.

On a dit que ces Mémoires étaient apocryphes. On ne le dit plus. On n'a pas de preuve, mais une chose est sûre : celui qui a écrit ces souvenirs était un grand seigneur flamboyant, dominateur et sûr de lui, drôle, insolent, présomptueux, pragmatique, superbement lucide et formidablement partial, doté d'un rare sens de l'État...

Le chroniqueur des pages 20 et 61 est Dufort de Cheverny.

La typologie des cardinaux selon Choiseul, à la page 120, la lettre de renvoi de Bernis, page 141, et les extraits du testament de la Pompadour, page 187, sont cités par Henri Verdier dans *Le Duc de Choiseul, la politique et les plaisirs.*

Les lettres de la Pompadour à Choiseul, page 126, de Choiseul page 129, de Bernis à Choiseul pages 131 et 137, de Bernis au roi, page 138, l'édit de Louis XV, pages 185-186, et les chansons des pages 239-240 et 244 sont cités par Jacques Levron dans *Choiseul, un sceptique au pouvoir.*

L'acte de vente de Chanteloup à Choiseul, page 165, figure dans le *Bulletin des Amis de Chanteloup,* n° 2, février 1993.

La lettre de l'abbé Barthélemy, pages 167-168, est citée par Benedetta Craveri dans *Madame du Deffand et son monde.*

Les citations de madame du Deffand, page 212, sont extraites de lettres d'elle, la première d'une lettre à Walpole du 23 mai 1767, la seconde d'une lettre à madame de Choiseul du 27 avril 1772. Les mots qui lui sont prêtés page 213 (« Je vous aimerais bien mieux... ») sont ses termes mêmes au sujet de madame de Choiseul, au *vous* près, dans sa lettre à Walpole du 22 janvier 1767. Les citations des pages 256-257 sont extraites d'une lettre à Walpole des 26-27 mars 1771. Celles qui ont trait au séjour à Chanteloup, page 278, d'une lettre à Walpole du 21 mai 1772. Dans sa dernière lettre à Walpole, du 22 août 1780, madame du Deffand écrit exactement : « Divertissez-vous, mon ami, le plus que vous pourrez ; ne vous affligez point de mon état ; nous étions presque perdus l'un pour l'autre ; nous ne devions jamais nous revoir ; vous me regretterez, parce qu'on est bien aise de se savoir aimé. »

Ce qui est dit page 220 de madame de Boufflers-Luxembourg est relaté par le baron de Besenval dans ses Mémoires.

La phrase sur les cheveux de la du Barry page 233 est de monsieur de Belleval.

Page 254, les mots prêtés à madame de Choiseul sont inspirés d'une phrase d'elle dans sa lettre du 12 janvier 1771 à madame du Deffand : « Je veux redevenir jeune et, si je peux, jolie ! Je tâcherai au moins de faire accroire au grand-papa que je suis l'une et l'autre. » (La grand-mère maternelle de madame du Deffand avait épousé en secondes noces le père du duc de Choiseul. Cette parenté par alliance, avec décalage de génération, avait donné l'idée à madame du Deffand d'appeler les Choiseul « le grand-papa » et « la grand-maman ».)

Page 261, la sympathie marquée par madame de Choiseul pour madame de Brionne n'est pas imaginaire : dans une lettre à madame du Deffand du 19 septembre 1771, Louise-Honorine écrit : « Je ne la connaissais pas et elle me plaît beaucoup, parce qu'elle est en tout fort différente des préventions que j'avais sur elle. C'est une femme très raisonnable, qui a beaucoup plus d'esprit et de fond qu'on ne croit, et qui joint à cela une douceur et une facilité dans la société qui la rendent infiniment aimable. »

L'abbé Barthélemy a évoqué lui-même son chagrin secret (pages 266-267) dans une lettre à madame du Deffand du 18 février 1771 : « Au fond, je ne suis pas aimable ; aussi n'étais-je pas fait pour vivre dans le monde [...]. Le hasard m'a fait connaître le grand-papa et la grand-maman. Le sentiment que je leur ai voué m'a dévoyé de ma carrière. Vous savez à quel point je suis pénétré de leurs bontés, mais vous ne savez pas qu'en leur sacrifiant mon temps, mon obscurité, mon repos, et surtout la réputation que je pouvais avoir dans mon métier, je leur ai fait les plus grands sacrifices dont j'étais capable ; ils me reviennent quelquefois dans l'esprit, et alors je souffre cruellement. »

Les biographes ne s'accordent pas sur la date de naissance de madame de Choiseul. Jacques Levron lui donne quinze ans fin 1750, au moment de son mariage, Guy Chaussignand-Nogaret dix-sept (mais il dit qu'elle est née en 1737). Henri Verdier, quant à lui, s'appuie sur l'acte d'arrestation de la duchesse en 1794, où figure comme date de naissance le 28 mars 1737, pour estimer qu'elle avait treize ans et demi à son mariage. Choiseul lui-même écrit : « J'avais épousé une enfant » ; et Talleyrand, accréditant la sombre rumeur qui courait à l'époque selon laquelle Choiseul aurait abusé de sa toute jeune fiancée : il « avait altéré son tempérament par une jouissance qui avait précédé de beaucoup l'époque à laquelle elle était devenue femme ».

BIBLIOGRAPHIE

Mémoires du duc de Choiseul, éd. établie par Fernand Calmettes, Paris, Plon Nourrit, 1904 ; rééd. Mercure de France, 1982.

Guy Chaussignand-Nogaret, *Choiseul. Naissance de la gauche,* Paris, Librairie académique Perrin, 1998.

Jacques Levron, *Choiseul, un sceptique au pouvoir,* Paris, Librairie académique Perrin, 1976.

Henri Verdier, *Le Duc de Choiseul, la politique et les plaisirs,* Nouvelles Éditions Debresse, 1969.

Benedetta Craveri, *Madame du Deffand et son monde,* Paris, Le Seuil, 1987.

Saint-Aulaire, *Correspondance complète de Mme du Deffand avec la duchesse de Choiseul, l'abbé Barthélemy et M. Craufurd,* Paris, 1908.

Mémoires du baron de Besenval, Paris, éd. Barrière, 1821.

Souvenirs du baron de Gleichen, Paris, 1868.

Jean Delay, *Avant-Mémoire,* Paris, Gallimard, 1982, t. III.

Jules et Edmond de Goncourt, *La Femme au xviiie siècle,* Paris, Firmin-Didot, 1862.

BIBLIOGRAPHIE

Jacqueline Picoche, *Dictionnaire étymologique du français*, Le Robert, coll. « Les Usuels », 1994 ; rééd. Marseille, Laffitte, 1992.

Guy Chaussinand-Nogaret, *Gens de finance au XVIIIᵉ siècle*, Paris, Bordas, 1993.

Jacques Lacarrière, *En cheminant avec Hérodote*, Paris, Fayard, coll. « Points », 1998.

Remy Viredaz, *Histoire d'une idée fausse*, Lille, Presses universitaires du Septentrion, 1998.

Jacqueline Picoche, *Histoire de la langue française*, Paris, Nathan, 1989.

Saint-Simon, *Mémoires*, La Pléiade, coll. « Bibliothèque de la Pléiade », Gallimard, 1983.

Marguerite Yourcenar, *Mémoires d'Hadrien*, Paris, Gallimard, coll. « Folio », 1974.

Jean Delay, *Avant mémoire*, Paris, Gallimard, 1979, 4 vol.

Johann Gottfried von Herder, *La connaissance et le sentiment*, Paris, Presses universitaires, 2001.

DU MÊME AUTEUR

Aux Éditions Gallimard

LES CHAMBRES DU SUD, roman, 1981

LE PREMIER PAS D'AMANTE, roman, 1983

LE COIN DU VOILE, 1996 (Folio n° 3104)

LA FEMME DU PREMIER MINISTRE, roman, 1998

Aux Éditions du Seuil

18 H 35 : GRAND BONHEUR, roman, 1991

UN FRÈRE, roman, 1994

Aux Éditions Huguette Bouchardeau

LA TERRE DES FOLLES, 1995

Aux Éditions Albin Michel

LA RÉVOLUTION DU TEMPS CHOISI, *en collaboration avec Jean-Baptiste Foucauld et le club Échanges et projets,* 1980

Composition Floch.
Impression Société Nouvelle Firmin-Didot
à Mesnil-sur-l'Estrée, le 16 août 2000.
Dépôt légal : août 2000.
Numéro d'imprimeur : 52263.

ISBN 2-07-041293-8/Imprimé en France.

94232